AF399364

AURELIE
LA FLEUR

ZWISCHEN Laken UND Lügen

(K)EIN BUCH MIT HAPPY END

novum pro

Bibliografische Information
der Deutschen Nationalbibliothek:

Die Deutsche Nationalbibliothek
verzeichnet diese Publikation in
der Deutschen Nationalbibliografie.
Detaillierte bibliografische Daten
sind im Internet über
http://www.d-nb.de abrufbar.

Alle Rechte der Verbreitung,
auch durch Film, Funk und Fernsehen,
fotomechanische Wiedergabe,
Tonträger, elektronische Datenträger
und auszugsweisen Nachdruck,
sind vorbehalten

Gedruckt in der Europäischen Union
auf umweltfreundlichem, chlor- und
säurefrei gebleichtem Papier.

© 2022 novum Verlag

ISBN 978-3-99131-344-1
Lektorat: Laura Oberdorfer
Umschlagfotos:
Volodymyr Tverdokhlib,
Piman Khrutmuang | Dreamstime.com
Umschlaggestaltung, Layout & Satz:
novum Verlag

www.novumverlag.com

Inhaltsverzeichnis

Suche nach der Freiheit

Endlich Freiheit, endlich raus von Zuhause, endlich tun und lassen, was ich will. Das ist das erklärte Ziel und mein genialer Plan. Ausziehen und das ziemlich zügig. Doch bei unserem absolut überlasteten Wohnungsmarkt in Le Mans war das leichter gesagt als getan. Leider. Bei fast jeder Wohnungsbesichtigung bin ich mindestens die 38. Bewerberin. Meist unter einer großen Gruppe Ausländern, denen die Wohnung das Amt bezahlt, was natürlich jedem Vermieter das Liebste ist. Familien mit Kindern, junge Pärchen und mittendrin, ich, allein. Was habe ich für eine Chance auf eine Wohnung? Eine lang ersehnte Wohnung, nur für mich allein. Ich, Aurelie, sollte mich vielleicht kurz beschreiben: Einen gelogenen Meter 60 groß, Haarfarbe und Länge ständig wechselnd, momentan braun und lang. Wohl proportionierte Brüste und Hintern. Ansonsten sehr sportlich, weil ich für mein Wunschgewicht einfach zu gern esse.

Zurück zur mittlerweile fast verzweifelten Wohnungssuche, meint es der „Wohnungsgott" wohl doch gut mit mir, als ich eines Tages überraschend einen Anruf einer Freundin bekomme, ob ich nicht eine Wohnung in der Stadt suchen würde. Schön zu wissen, dass meine Mädels mir nicht nur bei meinen Männergeschichten aufmerksam zuhören. Kurzum, sie und ihr Freund werden zusammen aufs Land in ein Haus ziehen und demnach wird seine Wohnung in der Stadt frei. So weit, so gut. Die Wohnung ist einfach wunderschön, hell, neu im 8. Stock mit Aufzug und großer Dachterrasse über den Dächern der Stadt. Das ist sie, das muss sie sein, meine erste eigene Wohnung. Das ist nur leichter gesagt als getan, ich bin ja wieder mal nicht die einzige Bewerberin, für diese prachtvollen 80 m². Mein einziger Joker ist das gute Wort, des Freundes meiner Freundin, bei meinem hoffentlich zukünftigen Vermieter. Und tatsächlich, ich bin schon mal in der engeren Auswahl, immerhin werde ich zum Vorstellungsgespräch eingeladen. Nur noch ein Pärchen und ich sind in der letzten, entscheidenden Runde im Kampf um die Wohnung.

Nur dann passiert es. Der Vermieter. Wow!!! Ich kann nicht sagen, ob ich positiv oder negativ beeindruckt bin. Er ist so … groß und kommt so überlegen rüber, jeder Situation gewachsen. Mit stahlblauen Augen, die jede meiner Bewegungen mustern und mich fixieren. Mich bringt grundsätzlich auch niemand so schnell aus der Ruhe. Vor allem keine Männer, kennste einen, kennste alle. Aber er … Von Anfang an eher ein Rätsel, was meine Hoffnung auf die Wohnung im Keim ersticken lässt. So ein Vermieter nimmt sicher nur ein seriöses Paar, das schon lange zusammen ist, in ihren Grundeigenschaften gefestigt ist und keinen Spring ins Feld wie mich. Das Vorstellungsgespräch war, soweit ich das einschätzen kann, in Ordnung. Belanglos wie immer. Außerdem sind meine Hoffnungen auf diese Wohnung schon beim ersten Aufeinandertreffen mit dem Vermieter an seiner absolut autoritären Fassade in 1000 Teile zersprungen. Eine zugegeben attraktive Schale: Glatze und Vollbart, grundsätzlich eine heiße Kombi. Ein groß kariertes Hemd in blau, rot und gelb. Dazu eine enge Jeans und diese kristallklaren, blauen Augen.

Mit einem bestimmten, aber durchaus weichem Händedruck verabschiedet er mich aus seinem Büro mit den Worten, dass ich Ende der Woche Bescheid bekomme. In diese Worte lege ich jetzt eher wenig Hoffnung. Aber nett, höflich und zuvorkommend wie er ist, liegt es wohl in seiner Natur, sowas zu sagen und mir noch nett lächelnd zuzunicken.

Doch Oh Wunder, eine Woche später bekomme ich die telefonische Zusage, dass ich die Wohnung bekomme. Ich flippe aus, ja Hammer hart. Hab' ich doch vielleicht ein wenig gutes Karma gesammelt. Dann kann es ja endlich losgehen, meine eigene Wohnung, wie schön.

Ich kann kaum den Tag erwarten, bis es endlich so weit ist. Ich habe mein gesamtes Erspartes zusammengekratzt, um mir ein einigermaßen adäquates Schlafzimmer und Wohnzimmer zu kaufen. Soll ja um Gottes Willen nicht nach Hippie-Studentenwohnung aussehen. Frau hat schließlich Stil. Und dann ist er da, der Tag, an dem ich einziehen darf. Endlich. Meine Mädels und ihre Freunde helfen mir freundlicherweise auch noch beim Umziehen und so ist es nach einem Wochenende schon relativ wohnlich, in meinen schicken, neuen, französischen 80 m².

Alles neu

Mit der Zeit lebt man sich ja ein, der Kühlschrank ist verwunderlicher Weise auch nicht plötzlich und unerwartet leer. Man geht regelmäßig einkaufen, putzt und wischt wöchentlich die ganze Wohnung und bringt den Müll runter. Und da sind wir wieder bei einem Punkt, der, naja, ein flaues Gefühl in der Magengegend auslöst, mein Vermieter. Immer wenn ich ihm im Treppenhaus begegne, benehme ich mich wie ein 14-jähriger Teenager. Kann ihm nicht in die Augen sehen, stottere dummes Zeug vor mich hin und ergreife so schnell wie möglich die Flucht. Er schüchtert mich irgendwie ein, obwohl er so im Freizeitlook, mit kurzer Hose, Shirt und Flip-Flops echt human aussieht. Irgendwas ist da. Ich habe auch ständig Panik, dass er sich über etwas beschweren könnte. Dass ich vielleicht mein Auto nicht korrekt in die mir zugewiesene Parkbucht gestellt habe oder die falsche Mülltonne benutze oder zu laut Musik höre. Fast schon paranoid. Obwohl ich sonst Männer eher weniger als Respektspersonen ansehe, eher als … netten Zeitvertreib. „Vielleicht liegt es einfach an seinem Alter", versuche ich mir einzureden, um mich von dem Gedanken loszureißen, warum mich ausgerechnet dieser Mensch derart in einen mir bis jetzt unbekannten Ausnahmezustand versetzt. Wobei, wie alt ist er eigentlich? Im Gespräch habe ich mal rausgehört, dass er zwei Söhne hat, die in meinem Alter sind. Dann ist er logischerweise mindestens so alt wie mein Papa. Vielleicht sehe ich deswegen zu ihm auf, nicht nur größentechnisch.

Um solch einen „Ausnahmezustand" mal ein wenig detaillierter zu beschreiben: Glücklicherweise hat das Haus, in dem ich im 8. Stock wohne, einen Aufzug. Unglücklicherweise hechtet mir Phillipe, um meinem Vermieter auch einen Namen zu geben, in den Aufzug hinterher und ich muss acht unendlich lange Stockwerke neben ihm stehen. Er versucht wohl irgendwie, diese allgemein schon beklemmende Stimmung im Aufzug mit Smalltalk etwas erträglicher zu gestalten, indem er sich über die Geschwindigkeit des Aufzugs beschwert. Mein einziger, ziemlich dämlicher Kommentar dazu ist: „Wenigstens ist es schön kühl hier drin." Genial, Aurelie, genial. Etwas Passenderes ist mir nicht eingefallen, vor allem, weil es neben ihm in dem Aufzug gefühlte Saunatemperaturen von 60 Grad hat. Endlich im Erdgeschoss angekommen, kann ich nicht mehr artikulieren als lächeln, nicken und raus hier.

Die Begegnung der besonderen Art

Und so lebe ich mich die ersten Monate ein, versuche Phillipe nicht über den Weg zu laufen, um keine weiteren Genialitäten meines Geistes preiszugeben. Mit der Zeit bekomme ich mit, natürlich nicht wegen meiner Neugierde und meinen stasihaften Stalking-Aktionen, dass mein Vermieter wohl eine Freundin haben muss. Das würde zumindest die regelmäßigen Besuche einer zierlichen Vietnamesin erklären, die meist mit einem Meter Abstand hinter ihm geht, mit ihm einkaufen oder baden fährt. Nicht nur ich denke mir jetzt meinen Teil, dass mein reicher Vermieter eine hübsche, kleine Vietnamesin als Freundin hat, oder? Danke geliebte Klischees und liebes Schubladendenken. Doch eines Tages sollte sich mein Bild vom kühlen, autoritären Nachbarn mit den eisblauen Augen ändern.

Ein sonniges Wochenende steht mir laut Wetterbericht bevor. 32-36 Grad lassen mich die ganze Arbeitswoche lang schon vom Wochenende am See träumen. Mit allen Freunden und Freundinnen, vielleicht auch ein paar leckere, trainierte Männer in Badeshorts. Mal sehen, was sich so ergibt. Doch Donnerstagabend bekomme ich eine SMS meines Vermieters, die eine Schockstarre in mir auslöst, wie bei diesen Ziegen, die einfach umfallen, wenn man sie erschreckt. Er lädt mich zu einem Grillabend in seinem, am Haus angrenzenden Garten ein, bei dem sich, bei dem sich alle Mieter unseres Gebäudekomplexes kennenlernen sollen. Grundsätzlich eine sehr nette Idee und Geste von ihm. Dann lerne ich endlich mal alle Mitmieter kennen, weiß mit wem ich es unter mir zu tun habe und möglicherweise ist ja auch der eine oder andere Schnuckel für mich dabei. Wer träumt denn bitte nicht davon, in seiner ersten eigenen Wohnung an allen erdenklichen Orten, soweit Gewicht und Gelenkigkeit es zulassen, Sex zu haben? Eben. Danke für die schmunzelnde Zustimmung. Beim zweiten und dritten Durchlesen der SMS von Phillipe ist mir klar, dass es sich schlicht um eine normale Rund-SMS handelt, also nicht speziell an mich gerichtet. Warum auch? Wie dumm und naiv von mir sowas zu glauben. Ich bin hier im wahren Leben und nicht bei Shades of Grey. Obwohl, zutrauen würde ich ihm solche Christian Grey Aktionen ja schon. Egal, warum mache ich mir überhaupt über das Sexleben meines doppelt so alten Vermieters Gedanken. Die Gedanken sind frei … Oder?

Aber ich sollte mir besser Gedanken über mein Outfit, meinen Zeitpunkt des Auftritts und ein mögliches Gastgeschenk machen. Oh, Gastgeschenk, hmm …, leider wohne ich nicht kostenlos in der neuen Wohnung, essen und trinken muss ich auch, ergo herrscht in der Haushaltskasse und damit auf meinem Konto gähnende Leere. Ich fasse mir ein Herz und entscheide mich dafür, die teure Flasche Whiskey herzuschenken, die ich eigentlich für meine Einweihungsparty (mit mir selbst oder vielleicht doch einem heißen, neuen Nachbarn) aus dem Internet bestellt habe. Nun gut, die anderen sollen ja nicht denken, dass am Ende des Geldes immer noch so viel Monat übrig ist, da schenkt man schon mal einen teuren Tropfen her. Weiblich, 20, pleite, sucht, kommt meist nicht so gut an bei den Männern. Vor allem nicht, weil mein Outfit definitiv auch „Rich Bitch" schreien wird.

Kaum intensiv darüber nachgedacht, ist es auch schon Freitagabend. Es verspricht eine schöne, laue Sommernacht zu werden. Um 20 Uhr sollte die Party steigen, aber ohne mich, das Beste kommt ja bekanntlich zum Schluss. Und alle sollen sehen, was für eine heiße Schnecke ganz oben wohnt. Ich beginne erstmal mit der sorgfältigen Auswahl meines Outfits. Es soll heiß sein, aber nicht zu schlampig aussehen. So eine Art „Ich laufe bei diesen Temperaturen immer im kleinen Schwarzen rum-Kleidchen". Ich beobachte das Treiben unten im Garten von meiner Dachterrasse aus, um auch die Mitmieterinnen abzuchecken, aber ich wittere keine Gefahr. Meine Vorbereitungszeremonie beginne ich mit einer langen Dusche und der Enthaarung jedes Körperteils, an den sich heute Nacht eventuell noch ein netter Nachbar verirren könnte. Packe zur Feier des Tages die teuersten Bodylotions und Parfums aus, ich will schließlich nicht nur gut aussehen, sondern auch gut riechen. Eine Reportage hat gezeigt, dass man oft den Partner nach dem Geruch aussucht und dass das Sprichwort „Sich gut riechen können" gar nicht so weit hergeholt ist. Aber wer nimmt sich auch gerne eine Wodka-Waschmittel-Katzenklo-Zigarette mit heim? Eben. Erneuter Dank meinerseits für die schweigend nickende Zustimmung.

In mein liebstes, kleines Schwarzes eingepackt, mit passender, schwarzer Unterwäsche mit Spitze (wenn SIE passende Unterwäsche anhatte, habt nicht ihr entschieden, dass ihr Sex hattet Jungs), untenrum noch ein Paar Designer Keilabsätze geparkt, Whiskey in der einen, Handtasche, mit der man spontan auswandern könnte, in der anderen Hand, bin ich gut gerüstet für einen netten Abend.

Der Countdown zu meinem Auftritt geht einher mit den Stockwerken, die der Aufzug abwärts zählt. Nur, dass der Aufzug ohne Phillipe, meinem Vermieter, gänzlich das beklemmende Gefühl und die tropenähnliche Temperatur verloren hat. Erdgeschoss- Showtime! Ich gehe total gelassen auf die fröhlich feiernden Menschen im Garten zu und der erste der mir entgegenkommt: Phillipe!!! Freundlich lächelnd, im Freizeitlook mit kurzer, grüner Hose und einem weißen Shirt. Er begrüßt mich sehr freundlich und stellt mich den Leuten vor, zu denen er mich dann auch an einen Tisch setzt. Dämlich grinsend wie immer, wenn ich ihm gegenüberstehe, halte ich ihm die Whiskey Flasche hin und stammle etwas wie: „Den trinken wir danach gemeinsam."

Ich sitze am Tisch bei einem älteren Ehepaar, die wohl schon immer hier wohnen und die mich sehr nett aufnehmen. Ich überfliege kurz die anderen Gäste, wobei mein Blick immer wieder an

Phillip hängen bleibt. Er ist gar nicht mehr so hart, autoritär und distanziert. Total locker und entspannt sieht er aus, passend zu seinem Freizeitoutfit. Er bemüht sich sehr um all seine Gäste, kommt auch immer wieder zu mir, um mir Essen und Getränke anzubieten. Um mich endlich etwas zu entspannen, lasse ich mir von Phillipe eine kühle Weißweinschorle bringen, die mich gefühls- und temperaturmäßig doch etwas runterbringen soll. Als er sie mir bringt und mir zuprostet, sieht er mir unverhältnismäßig lang in die Augen und grinst. Ich erwidere den intensiven Augenkontakt und spüre, wie der kalte Wein langsam meinen Hals entlang fließt und mich von Schluck zu Schluck, von Glas zu Glas, lockerer macht. Alkohol, du böser Geist … Und das alles auf nüchternen Magen, na toll. Ich unterhalte mich nett mit dem Mann, der neben mir sitzt, über das Schnapsbrennen, Hunderettungsstaffeln, Pferdezucht und Westernreiten. Immer wieder wird mein Glas wie von Zauberhand voll und ich in meinem Redeschwall trinke und trinke, ohne es zu merken. Dann setzt sich Phillipe wieder zu uns an den Tisch mit meinem Gastgeschenk in der Hand. Oh nein, ich hätte anfangs wohl nicht so großkotzig prahlen sollen, dass wir den noch trinken. Aber es hilft nix, da muss ich jetzt durch, aber danach will ich heimgehen, ganz bestimmt … nicht.

Nach der halben Flasche fordert mich Phillipe zum Tanz auf und zu meiner Verwunderung sind wir fast nur noch die einzigen Gäste, was ich in meinem alkoholumnebelten Geist nicht mitbekommen habe. Wie spät ist es überhaupt, kann ich überhaupt noch stehen und gehen? Phillipe scheint es aber ähnlich zu gehen und für Außenstehende muss unser „Tanz" wohl eher nach zwei betrunkenen Tanzbären auf einer heißen Herdplatte aussehen. Aber das ist mir völlig egal, so wie jedem im Rausch alles egal ist. Auch, dass wir sehr eng umschlungen „tanzen" und ich meine Hände plötzlich an seinem wahnsinnig knackigen Hintern wiederfinde, ist egal. Irgendwann sehen wir uns tief in die Augen, berauscht vom Alkohol, der warmen Sommernacht, berauscht von unserem sinnlichen Gegenüber und ohne ein Wort zu sagen, ist uns beiden klar, wie der Abend enden soll.

Ich gehe gezielt, möglichst stilvoll und nicht wankend Richtung Haus in den Aufzug und warte. Mir ist klar, dass ein gemeinsames Verschwinden mehr als auffällig und nicht adäquat gewesen wäre. Die Minuten, die ich auf ihn warte, werden zu Stunden. All meine Sinne sind benebelt. Dann steht er plötzlich in der Aufzugstür, geht einen Schritt auf mich zu, drückt mich sanft gegen die Wand im Aufzug, sieht mir tief und durchdringend in die Augen und kommt mir Millimeter für Millimeter näher. Ich kann seinen Atem spüren, ich kann ihn riechen, ich kann sein Herz klopfen hören. Ich kann mich seinem Bann nicht entziehen. Ich schließe einen Zentimeter bevor sich unsere Nasenspitzen berühren meine Augen und küsse ihn. Ich lasse es einfach geschehen. Er ist wie ein Magnet, ich kann nicht anders, ich muss seine weichen Lippen spüren. Ich will ihn spüren und schmecken. Und er küsst so gut, so unendlich gut, so voll Leidenschaft, voll Hingabe, voll Gefühl. Erst ganz sanft und vorsichtig, ein Gentleman überrumpelt die Damen wohl nicht, wie schön. Als ich ihn aber fordernd und voller Lust mit einem Bein umschlinge, um ihn noch näher an mich zu drücken und zwischen meinen Beinen zu spüren, wird es noch leidenschaftlicher. Das tropenähnliche Klima im Aufzug ist plötzlich wieder da, fühlt sich jetzt aber wohlig warm und angenehm an. Endlich im 8. Stock angekommen, immer noch hemmungslos küssend, stehen wir vor seiner Wohnungstür. Ich bin so aufgeregt, mit ihm ist irgendwie alles anders. Ich habe mich nicht mehr unter Kontrolle, er wirft mich völlig aus der Bahn. Jetzt gibt es kein Zurück mehr.

Er schließt die Wohnungstür auf und packt mich, um mich auf seine Hüften zu setzen. Eng umschlungen trägt er mich in sein Schlafzimmer. Er legt mich sanft rücklinks in sein Bett. Mein Herz schlägt mir bis zum Hals, sein Anblick raubt mir den Atem. Er zieht sein Shirt aus, lässt mich aber keine Sekunde aus den Augen. Wow, was für ein Mann. Er ist irrsinnig sportlich und trainiert, sein schwitzender Körper glänzt im Mondlicht, das zum Fenster hereinscheint und seine vielen Härchen auf der

Brust glitzern lässt. Ich ziehe wie ferngesteuert mein kleines Schwarzes aus, liege in meiner schwarzen Spitzenunterwäsche vor ihm und sehe ihn voller Begierde an. Er zieht sich vor mir komplett aus und ich staune nicht schlecht über seinen megaheißen Körper inklusive richtig großen, steifen Schwanz. Er kniet vor mir nieder und zieht mir langsam das letzte bisschen Stoff, das ich noch am Leibe trage, aus. Ich bin bis auf das Äußerste gereizt, scharf wie Nachbars Lumpi (haha, Nachbar, ja genau) und will IHN einfach nur spüren, überall, auf mir, unter mir, hinter mir, in mir. Ich robbe langsam rückwärts in die Mitte des riesigen Bettes und er beugt sich über mich. Ganz langsam und vorsichtig, seiner Größe definitiv bewusst, dringt er Stück für Stück in mich ein. Ich glaube ich platze gleich vor Geilheit, vor dem Gefühl vollkommen ausgefüllt zu sein, vor Lust. Er fühlt sich so unendlich gut an, dass ich nicht genug von ihm bekomme und fast ein wenig traurig bin, als ich merke, dass sich mein Höhepunkt und damit wahrscheinlich das Ende nähert. Aber falsch gedacht, liebe Aurelie, du hast es hier mit einem richtigen Mann zu tun, der ihn nicht nach zehn Minuten rauszieht, ohne überhaupt einen Gedanken an deinen Höhenpunkt verschwendet zu haben. Er beweist mehr als Standhaftigkeit und so küssen, schwitzen, beißen, kratzen und stöhnen wir meinem zweiten und seinem ersten Orgasmus des heutigen Abends entgegen. Meine ganze Haut kribbelt wie 1000 Nadelstiche, aber angenehme Stiche. Mein Herz schlägt mir bis zum Hals, ich kann es hören. Ich will am liebsten weinen und lachen gleichzeitig vor Glück. Ich hatte einen multiplen Orgasmus. Mein lieber Herr Gesangsverein bzw. mein lieber Herr Nachbar. Er lässt sich ganz langsam auf meine Brust sinken und vergräbt das bärtige Gesicht zwischen meinen Brüsten. Ich weiß nicht, wie spät es ist, wie lange wir gerade Sex hatten, welchen Wochentag wir haben oder in welche Himmelsrichtung meine Füße gerade zeigen. Ich weiß nur, dass dieser Mann, diese Nacht, dieser wahnsinnig gute, intensive und leidenschaftliche Sex etwas in mir berührt haben. Und weil das noch nicht genug des Guten ist, nimmt er mich in den Arm, streichelt mir sanft über das Haar, küsst mich an allen erdenklichen Stellen (die ich ja glücklicherweise vor fünf Stunden noch komplett enthaart habe), drückt mich immer näher an seinen Körper, bis wir beide, höchstwahrscheinlich selig grinsend wie ein frisch gevögeltes Eichhörnchen, einschlafen.

Aufwachen leicht gemacht

Der nächste Morgen, davor graut es einem eigentlich immer am meisten. Nüchtern zu betrachten, welches Wunderwerk man den Abend zuvor wieder vollbracht hat, vor allem mit wem. Doch wieder einmal ist hier alles anders. Ich bin noch nie im Leben derart liebevoll geweckt worden. Und ich bin schon oft von den verschiedensten Männern geweckt worden, glaubt mir. Ein sanftes: „Guten Morgen schöne Nachbarin", brummt er in mein Ohr und seine Barthaare kitzeln an meinem Hals. „Ich gehe nicht weg, ich komme gleich wieder", strahlen mich diese wunderschönen, blauen Augen mit den kleinen Lachfältchen darum an. Er steht auf, nackt wie Gott ihn schuf und ich bewundere seinen Körper erneut, es ist ja bereits hell draußen. Dieser Mann hat es mir definitiv angetan, schmunzle ich in mich hinein und wälze mich ein wenig im Bett herum. Er kommt wieder und hat eine Flasche Wasser dabei. Eine sehr gute Idee bei dem Brand. Er lässt sich wieder sanft auf das Bett neben mich sinken und ich darf meinen Kopf an seiner starken Brust anlehnen, um noch ein wenig die Augen auszuruhen. Er weckt mich aus meinem Halbschlaf, als er in den Garten hinunter geht, um das gestrige Chaos aufzuräumen. Ich bin einfach zu schwach und körperlich am Ende, um ihm zu helfen und gehe in meine Wohnung, erst unter die Dusche und dann auf die Couch. Der Schaum, der mir beim Duschen über den Körper hinabläuft und zwischen meinen Beinen ein leichtes Brennen verursacht, lässt mir wieder bewusst werden, welches Ausmaß sein Penis hatte. Bei dem Gedanken an letzte Nacht läuft mir, trotz der warmen Dusche, Gänsehaut den ganzen Körper entlang und lässt mich verträumt grinsen. Ich schlafe fast den ganzen Tag so vor mich hin, immer wieder in Gedanken an ihn, an diese Augen, an diese Lippen, an diesen Körper, an einfach alles. Da fällt mir ein, hat er nicht eine Freundin? Diese Vietnamesin? Wo war die denn gestern? Hat er die in einer Schublade versteckt? Warum hatte er mit mir Sex und nicht mit ihr? Da nimmt es wohl jemand nicht so genau mit der Treue, was? Gut ich brauche jetzt keinen auf Moralapostel machen, aber ich dachte, es wird im Alter leichter, treu zu bleiben? Falsch gedacht, Aurelie. Auch wenn ich kein Freund davon bin, aber ich sollte mit ihm wenigstens einmal über die Geschehnisse der letzten Nacht reden und die Fronten klären. Viel geredet haben wir am letzten Abend bzw. in der Nacht ja nicht.

Der Tag danach

Als könnte dieser gutaussehende Kerl Gedanken lesen, klopft es leise an meiner Wohnungstür. Ich mache auf und da steht er wieder, der Mann mit den stahlblauen Augen, die in dieser einen Nacht von autoritären, respekteinflößenden Augen zu einem Bergsee geworden sind, in dem ich versinken könnte. Wir setzen uns auf meine Couch und liegen uns erst einmal eine halbe Stunde in den Armen. Einfach so, nur um den anderen zu spüren. Es ist unglaublich schön. Dann beginnen wir zu reden. Er erzählt mir von Jaqueline, seiner Freundin, die bald zu ihm ziehen wird, von seiner Ex-Frau, von der Geburt seines ersten Sohnes, wir reden über Gott und die Welt. Darüber, wie verrückt das alles war und dass es sich für uns beide so anfühlt, als würden wir uns schon ewig kennen. Er würde mich so gerne jeden Tag sehen, etwas mit mir unternehmen, mich küssen und im Arm halten. Leider habe ich seine Freundin immer im Hinterkopf. Nicht, dass ich mich schlecht fühle deswegen, das positive Gefühl, dass er mir gibt, überwiegt einfach alles. Aber wir überlegen, wie wir gemeinsame Zeit für uns einräumen könnten. Er will mich unbedingt so oft es nur geht sehen und ich ihn auch. Was mehr als untypisch für mich ist.

Ich bin eher so der Typ „Felswand", die extreme Steigerung einer Person, die eine Mauer um sich gebildet hat, damit niemand auf die Idee kommen könnte, dass sie Gefühle hat und auch welche zulassen könnte. Zu oft wurde ich verletzt, zu oft wurde mir wehgetan, zu oft stand ich vor einem Trümmerhaufen aus Gefühlen und verstand die Welt nicht mehr. Ich habe mir fest vorgenommen, dass mir das nie wieder passiert. Gefühle, wer braucht die schon. Aber er weiß meine Mauern einzureißen, und zwar gewaltig, und ich kann und will mich nicht einmal dagegen wehren. So verbringen wir einen wunderschönen Abend auf der Couch, bis er irgendwann, als ich bereits eingeschlafen bin, zu sich in die Wohnung geht und als ich aufwache, einfach weg ist. Das ist vielleicht auch besser so. Ich muss mich, meine Gedanken und Gefühle erst einmal wieder ordnen. Das war kein gewöhnlicher One-Night-Stand, das war mehr, das ist mir klar. Aber was war das? Keine Ahnung, aber ich muss es herausfinden. Es fühlt sich einfach ehrlich und echt an. Nicht wie die Jungs in meinem Alter, die einem alles erzählen, damit du mit ihnen ins Bett steigst und wenn sie dich für gut befunden haben, weiterhin alle erdenklichen Lügen aus dem Hut zaubern, damit du es ihnen noch öfter richtig besorgst.

Sonntagabende

Phillip schreibt mir am nächsten Tag eine SMS, ob ich nicht den Sonntagabend mit ihm verbringen möchte, seine Freundin ist noch auf einer Geschäftsreise und kommt so schnell nicht heim. Gerne nehme ich das Angebot an und finde mich abends bei ihm in der Nachbarswohnung ein. Jetzt kann ich sie endlich mal begutachten, was mir ja in der Nacht von Freitag auf Samstag eher schlecht möglich war vor Alkohol und sexuell umnebelten Sinnen. Eine sehr schöne Wohnung. Er nimmt mich an die Hand, um mir jedes Zimmer zu zeigen. Allein seine Hände fühlen sich vertraut an und ich folge ihm wortlos in jedes Zimmer. Endstation ist auf seiner Couch, die mit großen, weichen Decken und vielen Kissen ausgestattet ist. Wir reden sehr lange, sehr viel, sehr persönliche Dinge, küssen uns zwischendurch immer und immer wieder. Irgendwann nimmt er mich hoch und trägt mich in sein Schlafzimmer.

Da bin ich also wieder, diesmal voll und ganz Herr meiner Sinne, weiß, was mich erwartet und bin fast noch aufgeregter als beim ersten Mal. Es ist, wie erwartet, erneut der absolute Wahnsinn für mich. Ich kenne niemanden, nicht mal aus Erzählungen, höchstens aus Hollywood-Filmen, der so unendlich einfühlsam ist wie er. Er weiß ganz genau was er will, wie er es will und was er machen muss. Ich gebe mich vollkommen seinen Händen hin, schmelze mit jedem Kuss in meinen Nacken und auf meinen Hals dahin, wie Eis in der Sonne. Es ist einfach unglaublich, wie er mich in den Wahnsinn treibt. Treibt, im wahrsten Sinne des Wortes. Er sieht mich an und sagt: „Du hinterlässt in meiner Seele einen weichen, wunderschönen Abdruck, du tust mir so gut!" Ich bin einfach nur glücklich und völlig überrascht von diesen liebvollen Worten und küsse ihn. Wir bleiben noch lange nackt nebeneinander liegen, bis mir ein Blick auf die Uhr in Erinnerung ruft, dass ich morgen leider wieder in die Arbeit gehen muss und langsam sein Bett und seine Wohnung gegen mein Bett und meine Wohnung tauschen muss. Ein wenig traurig und geknickt, ohne zu wissen, wann wir so eine unendlich schöne Zeit wieder miteinander verbringen werden, hilft er mir meine Kleidung, die überall im Schlafzimmer verteilt liegt, aufzusammeln und begleitet mich raus. Im Wohnzimmer angekommen nimmt er mich ganz fest in den Arm, atmet in mein Haar, saugt meinen Geruch ganz fest in sich ein und beginnt langsam und sanft mit mir zu dem Lied, das gerade läuft, zu tanzen. Selbst das hätte ich noch stundenlang machen können. Ich könnte alles stundenlang mit ihm tun. Wie schön wäre das. Am Ende des Liedes gehen wir zur Haustür, er gibt mir noch einen Abschiedskuss und ich verschwinde in meine Wohnung.

Voll Herzklopfen und viel zu vielen unbekannten Gefühlen liege ich in meinem Bett und bin neben schlaflos doch irgendwie auch ratlos. Ein Mann von seinem Format, ein erfolgreicher, selbstständiger, gut aussehender, 40-jähriger mit Freundin, findet mich in irgendeiner Art und Weise vielleicht sogar fast so gut wie ich ihn? Unvorstellbar. Warum nimmt er den Stress und die Gefahr auf sich? Wenn das rauskommt, allein schon wegen unserem Altersunterschied. „Ach was soll denn rauskommen Aurelie“, meldet sich die Vernunft, „kein Mensch wird dir glauben, dass er sich für dich ernsthaft interessiert.“ Auch wieder wahr. Vielleicht sind ja doch alle Männer gleich, nur hat er eben mehr Erfahrung und bessere Techniken, wie er sich eine Frau warmhalten kann. Das naive Nachbarsmädchen für zwischendurch, das wollte ich eigentlich nie sein. „Aber er tut dir so unendlich gut, körperlich und seelisch“, ruft das Herz, „lass dir das doch nicht entgehen, nimm diese schöne Erfahrung mit und lass ihn deine kaputte Seele ein Stück heilen.“

Kein Tag wie in Hollywood

Und so beginnt meine neue Arbeitswoche, immer wieder mit Gedanken an ihn. An dieses seltsame Gefühl ihn schon ewig zu kennen, obwohl wir gerade mal seit zwei Monaten nebeneinander wohnen. Bei jedem Mal, wenn ich meine Wohnung verlasse, hoffe ich ihn zu sehen, ein Blick in seine unendlich schönen Augen würde mir schon reichen, um den Tag glücklich zu überstehen. Wie jeden Tag in der Früh stehe ich im Aufzug, um ins Erdgeschoss zu fahren und mich auf den Weg in die Arbeit zu machen. Normal begegne ich morgens niemandem, ist wahrscheinlich auch besser für alle Beteiligten so gut, wie meine Laune immer ist. Doch diesmal hält der Aufzug seltsamerweise im 5. Stock an. „Oh nein", denke ich mir, „bitte keine netten Nachbarn, die morgens um acht schon so gut drauf sind, wie ich normalerweise zwölf Stunden und zwei Flaschen Sekt später."

Die Tür geht auf, ich wende den Blick ab, um ein mögliches, freundliches „guten Morgen" zu vermeiden. Doch dann … Stille … ich sehe hoch … da steht er, Phillipe, im Trainingsoutfit, gerade vom Joggen gekommen. Mein Herz macht einen Sprung vor Freude. Durchgeschwitzt, grinsend und schnaubend steht er vor mir. Ich bringe kaum ein Wort hervor, so schnell steht er mit mir im Aufzug und drückt die Taste, um in den Keller zu gelangen. Die Tür geht zu, er packt mich stürmisch, nimmt mich in den Arm, küsst mich. Er schmeckt so gut, verschwitzt wie nach dem Sex. Ich liebe seinen Geschmack. Er macht mich total wild. Ich verschwende keinen Gedanken daran, dass nach dieser stürmischen Begrüßung möglicherweise meine Frisur und mein Make-up nicht mehr sitzen könnten. Ich will ihn nur spüren, schmecken, riechen, atmen. Die Aufzugtür geht im Keller auf, Phillip packt mich und trägt mich raus. Da stehen wir nun, im Keller, um 8 Uhr morgens. Ich sehe ihn an und hätte heulen können vor Freude. Das ist alles wie im Kino, der Traummann passt dich ab, wildes Rumknutschen im Aufzug. Nur der Keller sieht mehr nach einem Horrorfilm aus als nach kuscheliger Höhle. Aber mit ihm an meiner Seite könnte ich es wohl auch in einem Atommeiler schön finden. Wir küssen uns leidenschaftlich und es ist einfach nur alles wunderbar. Wenn mir doch nur diese blöde Zeit nicht im Nacken sitzen würde. Ich habe schon wieder so unendlich Lust auf ihn und zu allem Überfluss auch noch ein Kleid an. Er bringt mich noch um den Verstand. Fordernd sieht er mich an, ich muss ihn aber leider mit einem Blick auf die Uhr verlassen. Noch ein letzter Kuss, eine letzte Umarmung, ein letzter Blick und ich bin aus der Tür verschwunden ins Treppenhaus. Gedankenverloren mache ich mich auf den Weg in die Arbeit, checke noch kurz mein Äußeres im Innenspiegel, bevor mich der Arbeitsalltag wieder fest im Griff hat.

Büroalltag

Nachdenklich sehe ich hin und wieder auf mein Handy, ob Phillipe sich gemeldet hat. Tatsächlich, eine Nachricht von ihm. Ich soll heute nach der Arbeit bitte bei ihm im Büro vorbeikommen, wir hätten einiges zu besprechen. Aha, ja da bin ich ja mal gespannt, was es so zu reden gibt. Ich freu mich, denn egal was ich mit ihm zusammen mache, es ist schön. Er könnte mich vermutlich auch eine Stunde lang schimpfen, weil ich mein Auto falsch geparkt habe oder an seinem angefahren oder warum auch immer, und ich würde mich wahrscheinlich genauso freuen wie ein Hund, wenn man ihn schimpft und er nicht versteht warum. Endlich Feierabend, ab ins Auto und zu ihm in sein Büro.

Es liegt etwas außerhalb der Stadt, wo ich nach der Arbeit normalerweise sowieso immer vorbeifahre und wo ich mein Auto auch etwas abseits parken kann. Als ich parke, bekomme ich eine weitere Nachricht von Phillipe: „Die Tür ist offen …" mehr steht da nicht. Diese vier Wörter haben es trotzdem in sich und mir läuft Gänsehaut, warum auch immer, komischer Körper. Ich gehe in den riesigen Gebäudekomplex, rauf in den 4. Stock. Alles ist ruhig, keiner arbeitet mehr, alles ist dunkel, ähnlich unheimlich wie in unserem Keller. Die Tür zu seiner Agentur steht einen Spalt weit offen, ich gehe rein, sehe ihn aber nicht, alles ruhig. Ich schließe die Tür hinter mir, weil ich ja davon ausgehe, dass nur er mich erwartet, ist ja kein Stundenhotel hier … Ich sehe mich um … Da steht er … endlich … Strahlend wie immer, im Anzug, „Oh làlà", und empfängt mich mit offenen Armen. Habe ich meine Schwäche für Männer in Uniformen bereits erwähnt? Nein? Oh mein Gott … Eine Uniform, fast egal welcher Art, hat etwas Magisches an sich … Vielleicht haben die alle einen integrierten Muschimagnet oder sowas, aber ich kann nicht anders als Männer in Uniformen anzuglotzen. Weil Phillipe mir ja an sich schon nicht den Atem raubt und mich von Anfang an in jeder erdenklichen Gelegenheit in Verlegenheit gebracht hat, kann ich im ersten Augenblick nicht mehr machen, als da zu stehen und ihn einfach nur unglaublich heiß zu finden.

Wir nehmen uns zur Begrüßung in den Arm. Er riecht so gut, ich atme ihn tief ein. Er drückt mich ein Stück von sich weg und sieht mir in die Augen, nimmt meinen Kopf sanft in seine großen Hände und küsst mich. Ich springe ihm stürmisch in die Arme, setze mich auf seine Hüften und wir küssen uns wild. Er trägt mich in sein Büro, setzt mich sanft auf seinen Schreibtisch, streift mir langsam die Träger meines Kleides ab und zieht es mir aus. So sitze ich vor ihm, in Unterwäsche auf seinem Schreibtisch. Während er mich mit Küssen auf meinen Hals und Nacken wahnsinnig macht, öffnet er meinen BH, streift ihn ab. Wo der anschließend landet, bekomme ich vor Geilheit gar nicht mehr mit. Er geht einen Schritt zurück, sieht mich fordernd von oben bis unten an, zieht ganz langsam sein weißes Hemd aus, Knopf für Knopf kann ich es kaum erwarten, ihn zu spüren. Er kniet sich vor mir hin, zieht mit seinen Zähnen meinen Slip aus und arbeitet sich langsam an meinen inneren Oberschenkeln zu meiner Muschi vor. Ganz vorsichtig, sanft und weich beginnt er sie von außen nach innen zu küssen, umkreist langsam mit seiner Zunge meinen Kitzler. Ich zucke zusammen, so gut hat es bis jetzt niemand gemacht. Er übt genau den richtigen Druck aus, der mich um den Verstand bringt. Mit seinen Händen drückt er meine Beine noch ein wenig weiter auseinander und schiebt meinen Hintern bis zur Tischkante vor. Er vergräbt sein Gesicht tief in meinem Schoß und leckt mich, dass ich mich vergessen könnte. Ich merke, wie unglaublich feucht ich schon bin und dass ihn das nur noch heißer macht. Ich bettle darum, dass ich endlich seinen harten Schwanz spüren darf, weil ich sonst vor Lust explodiere. Er steht auf, zieht seine Hose und Shorts aus, beugt sich über mich, ich merke, wie sein großer, harter Penis sich zwischen meinen Schamlippen seinen Weg in mein feuchtes Inneres bahnt. Er dringt erst nur ein kleines Stück in mich ein, dann wieder raus, rein, raus, nur immer ein kleines Stück. Oh mein Gott, er weiß genau, wie er mich wahnsinnig machen kann. Und dann, mit einem harten Ruck dringt er ganz in mich ein. Ich könnte schreien vor Glück, stöhne laut und gebe mich voll und ganz seinem Rhythmus hin. Ich kralle mich in seinen Rücken ein, packe seinen knackigen Hintern fest mit meinen beiden Händen und drücke ihn noch ein Stück näher an mich heran. Ich will ihn spüren, voll und ganz und richtig, richtig tief. Wir schwitzen und stöhnen unserem gemeinsamen Höhepunkt entgegen und der ist gewaltiger als alles andere zuvor.

Glücklich und am Ende unserer Kräfte setzen wir uns auf den kalten Fußboden und grinsen uns wie frisch gevögelte Eichhörnchen an. Zärtlich streicht er mir eine Strähne aus dem Gesicht, nimmt meinen Kopf in seine Hände und küsst mich so zart und sanft, dass mir ein angenehmer Schauer über den Rücken läuft. Er merkt, wie es mir trotz aller Vertrautheit ein wenig peinlich ist, so ganz ohne Kleidung, Decken oder sonstiges vor ihm zu sitzen und legt mir sein weißes Hemd, dass er gerade eben noch getragen hat, um die Schultern. Es riecht so gut nach ihm, nach Ruhe, nach Glück, nach fallen lassen.

Er zieht seine Shorts an und fragt, ob ich mich mit ihm raus auf seinen Balkon setzen möchte, ein wenig frische Luft würde uns doch vielleicht guttun. Nur mit seinem Hemd bekleidet gehe ich ihm hinterher. Draußen geht die Sonne über Le Mans unter, es ist ein atemberaubender Ausblick. Die Sonne geht über der Stadt unter, alles ist in weiches, rotes Licht gehüllt. Ich setze mich auf seinen Schoß und rolle mich so klein es geht zusammen. Er hält mich fest in seinen Armen und ich lege meinen Kopf an seine nackte, weiche Brust.

Doch leider bewahrheitet sich seine Aussage, warum ich ursprünglich zu ihm gekommen bin, dass wir noch etwas zu besprechen haben. Er sagt mir, dass Jaqueline morgen wieder von ihrer Geschäftsreise zurückkommen wird und er nicht weiß, wie wir unsere Treffen in Zukunft arrangieren sollen. „Baaammm“, Schlag ins Gesicht. Ich versuche meine Fassung wieder zu bekommen und nicht so auszusehen, wie ich mich gerade fühle. Er merkt es trotzdem, dieser sensible, feinfühlige Wahnsinnskerl. Er sagt, dass er sich unbedingt weiterhin mit mir treffen will, mir nah sein möchte, körperlich und emotional. Ich bemühe mich den Stich in meinem Herzen zu verbergen und sage naiv, dass sich das alles mit der Zeit ergeben wird. Hier ist definitiv kein Platz für Diskussionen, ich wusste, worauf ich mich einlasse, wir haben beide immer mit offenen Karten gespielt. Trotzdem kann man sein Herz auf so etwas nicht vorbereiten und nicht davor schützen. Trotz dieser Ansage verspüre ich nicht das Gefühl weglaufen zu wollen, weg von meinen Gefühlen und vor dem Mann, der sie verursacht. Ich genieße jede Minute mit ihm und warte auf jede weitere die ich mit ihm verbringen darf, egal wie lang es dauert. Als die Sonne untergegangen ist, haben wir uns wieder angezogen und ich bin, nach einer langen Abschiedsszene, ungewiss, wann es die nächste geben wird, nach Hause gefahren, mit einem lachenden und einem weinenden Auge.

Ich, du und die andere

Ich habe sie gesehen, jetzt ist sie da, jetzt wird alles noch komplizierter, als es ohnehin schon ist. Was mich beruhigt ist ihr Alter und die Spuren, die es an ihr hinterlassen hat. Ist ja logisch, doppelt so alt, doppelt so verbraucht. Diese innerliche Hetze bringt mich nicht weiter, tut aber gut. Ich sehe sie auf seiner Dachterrasse sitzen mit ihm. Ich bekomme Aggressionen und Mordgedanken, zu denen ich eigentlich nicht berechtigt bin. Ich wusste ja, dass es sie gibt, aber im Verdrängen war ich schon immer Weltmeister. Ich kann sogar Krankheiten verdrängen, habe ich von meinem Großvater. Der spricht mit seinem Fußpilz, droht ihm mit einer Benzindusche und am nächsten Tag, zack, verschwunden. Sowas wünsche ich ihr auch, nur eine Station weiter oben, damit Phillipe gar keine andere Wahl hat, als seine männlichen Bedürfnisse bei mir auszuleben. Quasi ganz ohne schlechtes Gewissen. Gut, ok, genug geträumt. Ich muss der Realität in die vietnamesischen Schlitzaugen sehen. Schmeckt mir nicht, aber was soll ich tun. Lieber die Zähne zusammenbeißen, ein wenig Herzschmerz ertragen, wenn ich sie zusammen sehe, als gar nichts mehr von Phillipe zu haben. Klingt so nach Selbstgeißelung auf dem Weg zu einem besseren Menschen. Ich – ja klar.

Ländliche Idylle

Die Woche vergeht, ich sehe ihn, ich sehe sie, ich sehe sie beide zusammen, Worst-Case-Szenario. Bis wieder ein Funken Hoffnung in mir aufkommt, als ich eine Nachricht von Phillipe bekomme. Er schreibt, dass er Donnerstag bis Sonntag auf Geschäftsreise ist und wenn ich ihm ein Stück weit entgegenfahre, wir uns einen schönen Sonntagnachmittag machen könnten. Na, das klingt doch nach einem Plan. Freude schöner Götterfunke … Dann heißt mein erklärtes Wochenziel: SONNTAG. Wie schön, Vorfreude ist ja bekanntlich die schönste Freude. Die restliche Woche vergeht wie im Flug und was mich noch mehr freut, Jaqueline muss auch ohne Phillipe auskommen diese Woche, ha. Sie muss auch allein einschlafen und aufwachen, genauso wie ich. Nur dass ich ihn vor ihr wieder sehen werde. Uuuuhuuu, das pusht mein Ego, da werde ich ja beinahe so groß, wie ich in meinem Reisepass fälschlicherweise angegeben habe.

Während seiner Geschäftsreise schreiben Phillipe und ich uns ständig Nachrichten, senden uns Bilder von allem, was wir gerade machen und wo wir sind, es ist so toll. Er jammert nur, dass er alle Fotos wieder löschen muss, sobald er sich seinem Zuhause nähert, nicht, dass Jaqueline von irgendetwas Wind bekommt. Dann könnten wir vermutlich auswandern, weil wir in der ganzen Stadt nicht mal mehr Brot bekommen würden. Intrigantes Tratschweiberpack.

Endlich, Sonntag. Die Frage aller Fragen: Was ziehe ich an? Weniger wichtig ist, was ich darüber trage, sondern darunter. Ich entscheide mich für das klassische, kleine Schwarze mit Spitzen, drunter und drüber. Das ist zu jeder Situation zeitgemäß und stilvoll und vor allem altersgerecht. Ich weiß nicht, wie adäquat es wäre, mit einem Trenchcoat und nichts als Unterwäsche und Strapse drunter zum Treffen zu kommen. Die heutige Jugend kann nichts mehr schocken, das ist mir klar, aber ob Phillipe das so anturnen würde, bezweifle ich. Er hat Stil, er hat Klasse. Jemand wie er steht nicht auf billige Schlampen in Kombination mit schlechtem Wein und billigen Zigarren. Das imponiert mir, ein Grund mehr, warum ich zu ihm aufsehe, nicht nur körperlich. Wohin ich genau muss, weiß ich noch nicht, aber egal wie weit ich fahren muss, für Phillipe und einen Nachmittag mit ihm würde ich überall hinfahren, soweit mich mein Auto und Geldbeutel bringen. Ich bekomme von ihm lediglich einen Standort per GPS gesendet, der von Le Mans lt. Navi eine Stunde ins Nichts führt. Ganz offensichtlich ein sehr abgelegenes Örtchen in der Prärie irgendwo im nirgendwo. Ich setze mich nervös wie bei meiner Führerscheinprüfung ans Steuer und folge aufmerksam meinem Navigationssystem. Ich drehe die Musik laut auf, singe fröhlich mit und warte bis ich endlich ankomme. Die letzten 20 Minuten meiner Fahrt geht es über enge Straßen, kleine Feldwege und durch die Wälder der ländlichen Idylle außerhalb der großen, lauten Stadt.

Endlich sehe ich sein Auto am Waldrand stehen, von der Straße aus kaum zu erkennen. Ich parke neben ihm noch ein Stück weiter im Wald. Ich steige aus und wir begrüßen uns wie immer herzlich. Er hat eine Decke unter seinem Arm und nimmt mich an die Hand. Die Luft riecht so gut nach Wald und Wiesen, so rein und sauber, herrlich. Wir gehen ein Stück durch den Wald, bis wir an eine Lichtung kommen, in der die Sonne vom Himmel strahlt. Er breitet die Decke aus und wir legen uns hin. Es tut so gut, ihn wieder zu sehen, allein, ganz nah und ohne Jaqueline an seiner Seite. Wir unterhalten uns über mehr oder weniger wichtige Dinge. Ich erzähle ihm von meiner Familie, er mir von seiner. Zwischendurch küssen und streicheln wir uns immer wieder. Er sagt, dass er mich mit jeder Geschichte, die ich ihm erzähle, besser verstehen kann und mich noch mehr mag und mich eigentlich vor dem Bösen der Welt beschützen möchte, unter seiner Decke verstecken und nicht mehr loslassen. Er ist so ein toller Mann, ich kann es kaum im Worte fassen. Ich frage ihn, ob er sich auch schon einmal Gedanken gemacht hat, ob das mit uns vielleicht sogar klappen könnte und woran dann seine Hoffnungen zerbrochen sind. Er meint, dass er Angst habe, wenn er alt ist, so richtig alt, in 30 Jahren 70, dass ich mich dann zu jung fühle, um ihn zu pflegen und altersgerechte Dinge mit ihm zu unternehmen, da ich ja erst 50 wäre und vielleicht meinen zweiten Frühling erleben werde.

Ich kann nicht in die Zukunft sehen, aber wenn ich jemanden voll und ganz von ganzem Herzen lieben könnte ohne Wenn und Aber, dann würde ich ihn so lange begleiten, bis mir das mein irdisches Leben nicht mehr ermöglicht, weil er irgendwann von mir gehen wird. Nach so jemandem suche ich. Sucht nicht jeder irgendwie nach so jemandem … Nach einiger Zeit sieht er mir tief in die Augen und sagt, dass er mich jetzt so unglaublich gerne spüren möchte. Das geht runter wie Öl. Sowas würde ein Kerl in meinem Alter nie sagen, da kommen nur Sachen wie: „Du bist so geil", oder, „Los, lass mal ficken", oder so megaeinfallsreiche Dinge. Er drückt sich so charmant gewählt aus, dass ich nicht anders kann, als mich ihm hinzugeben.

Wir ziehen uns langsam gegenseitig aus, ganz langsam und genießen jeden Augenblick der ungestörten Zweisamkeit. Wir küssen uns, streicheln uns, sehen uns in die Augen. Wir liegen beide nackt, wie Gott uns schuf, nebeneinander auf der Decke in der Lichtung im Wald. Der Wind streicht sanft durch die Bäume und lässt die Blätter rauschen. Es ist angenehm warm. Ich drehe mich zu ihm und setze mich auf ihn. Seine Wiedersehensfreude spiegelt sich auch in seinem harten, stehenden Penis wider. Ich setze mich auf ihn drauf und lasse ihn langsam in mich eindringen. Heute übernehme ich mal die Führung. Er stöhnt auf und sieht mich an. Der Wind weht mir eine Strähne ins Gesicht, er nimmt meine Haare und hält sie sanft in meinem Nacken zusammen. Lange reite ich auf ihm auf und ab, heute bin ich richtig in Genießer-Stimmung. Es tut so gut ihn zu spüren. Die Welt um mich herum nehme ich kaum noch wahr. Wir lassen uns einfach auf der Welle unserer Lust treiben. Ich merke, wie sich meine Lust in mir aufbaut und langsam zum Höhepunkt kommt. Phillipe flüstert mir keuchend in mein Ohr, dass er nicht mehr lange aushalten wird, bis er kommt. Ich sage ihm, dass er es einfach genießen und sich fallen lassen soll, weil es bei mir auch gleich so weit ist und er sich bitte nicht zurückhalten soll. Mit einem harten Ruck kommt er in mir und ich auch. Ein letztes Aufbäumen und ich genieße die innere Wärme und das Kribbeln, die mich durchdringen. Er nimmt mich fest in seinen Arm als ich noch auf ihm sitze und wir bleiben einige Zeit so ineinander verschlungen liegen.

Langsam wird es frisch und ein Blick auf die Uhr bestätigt die Befürchtung, dass Phillipe sich langsam auf den Weg nach Hause machen muss. Wir ziehen uns wieder an, gehen Hand in Hand zurück zu unseren Autos. Zum Abschied nimmt er mich ganz fest in seine Arme, hebt mich zu ihm hoch, sodass ich mich auf seine Hüften setzen kann. Ein letzter Kuss, ein letzter Blick und wir steigen beide in unsere Autos und fahren heim. Eigentlich ins selbe Zuhause, aber eben nicht in das Gleiche. So klein und fein und schmerzhaft sind manchmal die Unterschiede.

Wäsche waschen

Mittwochabend sitze ich entspannt nach Feierabend mit einem Glas Weißwein auf meiner Dachterrasse, beobachte das emsige Treiben auf den Straßen der Stadt, genieße mein Leben und meine Freiheit, als sich mein Handy meldet. Phillipe schreibt: „In 5 Minuten im Keller", mehr steht da nicht. „Aha", denke ich mir, „das ist mal eine Ansage. Da kann man nichts missverstehen." Um nicht ganz so offensichtlich ohne Grund in den Keller zu gehen, beschließe ich, die längst überfälligen Umzugskartons in den Keller zu räumen. Gesagt, getan, ich nehme die Kartons, den Haustürschlüssel und den Kellerschlüssel und fahre mit dem Aufzug in den Keller. Unten angekommen höre und sehe ich niemanden, ich gehe zu meinem Kellerabteil, sperre auf, räume die Kartons hinein und warte. Da höre ich die Tür aufgehen und auf leisen Sohlen betritt Phillipe den Keller. Er grinst und scheint sich offenbar tierisch wie ein kleines Kind zu freuen, geht ganz leise auf mich zu und küsst mich. Ich frage ihn, was er denn zu Jaqueline gesagt hat, was er im Keller so lange macht und was ist, wenn uns jemand von den anderen Mietern hier im Keller sieht, in einem Abteil? Ich meine, im Flur kann man sich mal über den Weg laufen oder an den Briefkästen, aber nicht zufällig im selben Kellerabteil. Phillipe aber hat bereits einen Masterplan ausgeklügelt. Zu ihr hat er gesagt er macht Wäsche, braver Mann. Aber wenn ich mir das recht überlege, mach dann doch ich in Zukunft immer die Wäsche, bevor mein Mann irgendwann mal mit der halb so alten Nachbarin im Keller verschwindet. Und er hat den Schlüssel von innen stecken lassen, sodass niemand von außen aufsperren und hereinkommen kann. Schlaues Kerlchen. Das beruhigt mich sehr. Dann wäre das ja auch geklärt.

Wir sehen uns etwas hilflos an und beschließen dann beide, dass es eigentlich keinen Platz für Hemmungen gibt. Ich springe ihn an, setze mich auf seine Hüften, er steht. Allein der Gedanke, sowas verrücktes und gefährliches zu tun, raubt mir den Verstand. Ich bin jetzt schon ganz feucht und kann es kaum erwarten, was und vor allem wie es jetzt gleich passiert. Wir küssen uns und ich merke in seiner Hose, dass er auch schon bereit ist. Ich halte mich ganz allein an ihm fest, sodass er beide Hände frei hat. Er öffnet seine Hose und holt seinen harten Schwanz raus. Er schiebt lediglich mein Höschen ein Stück zur Seite, in weiser Voraussicht habe ich mir ein Kleid angezogen, und dringt in mich ein. Wild und hemmungslos fickt er mich im Stehen. Ich passe mich seinem Takt an und lasse es einfach passieren. Ich bin so geil und feucht, dass man immer wieder ein schmatzendes Geräusch hört, wenn er mich immer und immer wieder hart im Stehen stößt. Das scheint ihn nur noch wilder auf mich zu machen. Als mir dann ein wenig die Kraft aus geht, steige ich von ihm runter und bücke mich vor ihm. Er schiebt mein Kleid hoch, mein Höschen wieder zur Seite und packt mich von hinten. Bei seiner Körpergröße muss ich sogar noch auf Zehenspitzen gehen, damit das klappt, aber es klappt mehr als gut. Er nimmt sich heute nicht zurück und stößt mich tief und hart. Er nimmt mich an den Hüften, sodass ich seinem Takt nicht mehr auskomme. Dann greift er mit einer Hand nach meinen Haaren und zeigt mir, wo es lang geht und wie er es mag. Seltsamerweise stört mich das gar nicht. Ganz im Gegenteil. Gut, dass die Kellerwände sehr dick und schalldicht sind, denn so wie er mich heute rannimmt kann ich mich weder beherrschen noch leise sein. Plötzlich hört er auf und zieht ihn raus. Verwundert warte ich ab, was er nun mit mir vorhat. Plötzlich spüre ich seine Zunge zwischen meinen Beinen, während ich immer noch gebückt vor ihm stehe. Oh mein Gott, das fühlt sich so irre gut an, dass mir fast meine Beine versagen und die Knie weich werden. Ich flippe hier gleich aus. Er ist so unglaublich. Nachdem er mich gefühlte 15 Minuten fast in Ohnmacht geleckt hat, stößt er mich wieder hart mit seinem Schwanz, immer schneller und schneller bis wir kommen. Oh wow, war das der Wahnsinn.

Wir grinsen uns an, ziehen uns soweit nötig wieder an, küssen uns und gehen in zehn Minuten Abständen, wie wir runtergekommen sind, auch wieder rauf. Mann, ist das ein Mann. Oben in meiner Wohnung angekommen gehe ich erstmal unter die Dusche. Das warme Wasser fließt meinen immer noch aufgeheizten Körper entlang. Ein sanftes Brennen macht sich zwischen meinen Beinen bemerkbar, das seltsamerweise ein Lächeln in mein Gesicht zaubert. So eine Situation ist vollkommen neu für mich. Ich war noch nie die heimliche Geliebte, ich musste mich noch nie verstecken und auf Abruf bereitstehen. Das alles ist total neu, so spannend und aufregend. Aber leider schaltet sich in das Gespräch zwischen meinen Hormonen und meinem Unterleib mein Kopf ein und ich frage mich, wo das alles enden soll. Was hat das für eine Zukunft. Was bedeutet ihm das eigentlich? Was bedeute ich ihm eigentlich? Hat er das schon öfter gemacht? Ich weiß nicht so genau, was ich davon halten soll. Aber da ja leider bzw. zum Glück niemand in die Zukunft sehen kann, verwerfe ich diese negativen Gedanken sehr schnell wieder. Seltsamerweise bin ich die meiste Zeit unter der Dusche mehr mit Nachdenken beschäftigt als mit Duschen. Frisch geduscht und total erschöpft lege ich mich in mein Bett. Mit den Gedanken bei Phillipe und der schmerzlichen Erkenntnis, dass er gerade zwei Meter von mir entfernt mit Jaqueline im Bett einschläft.

Sternschnuppennacht

Ein neuer Tag, ein weiterer Tag, der mich Richtung Wochenende bringt. Täglich grüßt das Murmeltier. Aufstehen, hübsch machen, in die Arbeit fahren, nach der Arbeit heimkommen und hoffen, dass Phillipe sich meldet. Seltsam, früher habe ich meinen Tagesablauf nie nach jemand anderes ausgerichtet. Ich habe nie gewartet, dass sich ein Mann bei mir meldet und bin dann wie von der Tarantel gestochen durch die Wohnung gefetzt, um schnell mit allem fertig zu sein, was mich von einem Treffen mit ihm abhalten hätte können. Doch jetzt warte ich … und tatsächlich eine Nachricht von ihm: „Sternschnuppennacht, heute um 23 Uhr am Parkplatz vor meiner Arbeit. Ich nehme dich mit und wir suchen uns ein Plätzchen, an dem unsere Wünsche vielleicht gleich in Erfüllung gehen können." Aha, das klingt ja vielversprechend. Ich google das Ganze gleich mal und tatsächlich, wegen irgendeinem Meteoritenschwarm sind heute Nacht so viele Sternschnuppen wie nie zu sehen, ca. 100 Stück pro Stunde. Er ist ja so ein Romantiker. „Alles klar", denke ich mir, „jetzt muss ich mir nur noch die Zeit bis zu unserem Treffen vertreiben." Aber da fällt mir schon was ein. Ausgiebig duschen, fein säuberlich enthaaren, eincremen, damit ich schön weich bin und gut rieche für Phillipe. In aller Ruhe hübsche Unterwäsche aussuchen, ihm soll ja schließlich nicht langweilig werden und die Aussage „Wo unsere Wünsche gleich in Erfüllung gehen können", ist ja wohl mehr als eindeutig.

Langsam mache ich mich auf den Weg in Richtung seiner Arbeit. Was ich mich allerdings frage ist, was er seinem vietnamesischen Anhängsel erzählt, wo er denn so spät noch unterwegs ist. Aber das ist ja zum Glück nicht mein Problem. Ich bin endlich am Parkplatz angekommen, steige aus und suche ihn. Keine Spur von Phillipe. Komisch, denn normal ist er sehr pünktlich, was ich sehr an ihm schätze. Doch da kommt plötzlich ein Auto auf den Parkplatz gefahren, ein Cabrio, ein alter Mercedes wie ich feststelle, als er näherkommt. Wow, sehr schick. Phillipe schafft es doch immer wieder aufs Neue mich zu beeindrucken. Er parkt neben mir und stellt das Auto ab, steigt aus und nimmt mich fest in den Arm und wir küssen uns. Ich freue mich jedes Mal sehr, ihn wieder zu sehen. Er macht mir die Beifahrertür auf und lässt mich einsteigen. So ein Gentleman, hat eben was, wenn der Mann doch ein wenig älter ist. Er steigt ebenfalls ein und fährt los. Ich vertraue ihm, ich frage nicht wohin wir fahren oder was er genau vorhat. Er hat so etwas an sich, was mir jegliche Angst nimmt. Außerdem könnte er vermutlich nichts mit mir machen, was ich nicht auch wollen würde. Alles mit ihm an meiner Seite ist schön.

Wir fahren einen Berg hinauf, an einen Ort, an dem ich noch nie zuvor war. Mit einer atemberaubenden Aussicht auf die hell erleuchtete Stadt. Als wir stehen bleiben und er den Motor abstellt, sprudeln die Fragen nur so aus mir heraus. „Was hast du denn deiner Freundin gesagt, wo du dich so spät in der Nacht noch rumtreibst?", will ich wissen. Phillipe sagt, dass er sich mit einem alten Freund zum Essen getroffen hat und ihr gesagt hat, dass es später werden kann, da sie sich lange nicht gesehen haben und sich viel zu erzählen hätten. Gute Ausrede denke ich mir.

Ich sehe ihn an und grinse. Wie unglaublich gut er wieder aussieht und wie gut er riecht. Er ist einfach ein wahnsinnig attraktiver Mann. Verträumt streiche ich über sein Gesicht und küsse ihn. Ich kann einfach nicht anders, als ihn ständig zu berühren. Ihm scheint es genauso zu gehen, denn ich spüre seine Hände auf meinen und in meinem Nacken. Wir sehen in den Sternenhimmel und schweigen zufrieden. Eine ganze Zeit lang und auch das ist mit ihm zusammen sehr schön. Wir unterhalten uns an diesem Abend sehr viel, küssen uns immer wieder und lernen uns mit jedem Wort besser kennen. Er ist so intelligent, so wortgewandt, so beeindruckend. Er tut mir einfach nur unendlich gut. Wir haben an diesem Abend keinen Sex, worüber ich gar nicht traurig oder enttäuscht bin. Es war eine ganz andere Art, auf der wir uns nähergekommen sind. Ich habe mir zwar bei jeder Sternschnuppe gewünscht, dass er mit mir zusammen sein will, aber ob das wirklich so eine gute Idee ist, weiß ich nicht.

Die Momente mit ihm sind unbeschreiblich, aber ob er das mit mir nicht auch irgendwann mal so machen wird. Wenn eine noch jüngere, hübschere, schlankere oder witzigere Frau in sein Leben tritt. Aber bei welchem Mann kann man sich da schon sicher sein. In welcher Partnerschaft kann man sich in 100%iger Sicherheit wiegen, dass es nie zu Ende geht? Ist es nicht irgendwie jedes Mal für immer? Vielleicht ist es nur so schön, weil es heimlich ist und wir uns so selten sehen und uns deswegen auch nie auf die Nerven gehen können, so wie in einer normalen Beziehung. Ich weiß es nicht. Ich spreche ihn einfach darauf an. Phillipe hat sich wohl auch schon ein wenig Gedanken darüber gemacht. Seine größte Angst ist es, dass ich ihn verlassen könnte, wenn er mal sehr alt ist, weil ich einfach so viel jünger bin und andere Interessen habe. Aber nur aus Angst verlassen zu werden ewig allein zu bleiben, ist doch auch nicht die Lösung, oder? Er würde mit mir zusammen sein, wenn ich ihm verspreche, ihn im Regen von der Terrasse ins Haus zu rollen, sagt er mit einem lachenden und einem weinenden Auge. „Würde ich Phillipe, wenn du mir versprichst für immer bei mir zu bleiben", denke ich mir, ohne ihm meine Gedanken mitzuteilen. Tiefgründiger als ich dachte, dieses Treffen. Anders als die anderen. Ich küsse ihn und kämpfe mit den Tränen, weil ich vor Glück zerspringen könnte und gleichzeitig Angst vor dem habe, was noch kommt. Vielleicht verläuft sich alles irgendwie im Sand, weil die anfängliche Euphorie dahin ist. Vielleicht lerne ich jemanden in meinem Alter kennen, der mich dermaßen aus den Socken haut, dass ich keinen Gedanken mehr an Phillipe verschwende. Aber will ich das? Was will ich überhaupt? Ich will in seiner Nähe sein, das ist schon mal klar. Alles andere wird die Zeit bringen.

Ich werde vom Klingeln seines Handys aus meinen Gedanken gerissen. Jaqueline fragt nach, wann er denn endlich heimkommt. Das ist wohl das schmerzliche Stichwort, das uns wieder einmal viel zu früh voneinander trennt. Er küsst mich eine gefühlte Ewigkeit, dass mir Hören und Sehen vergeht. Ich versinke tief in seinen Armen, verliere mich in seinen Augen und möchte eigentlich nie mehr weiter weg von ihm sein, als seine Arme lang sind. Ich genieße jeden Augenblick mit ihm, bis er vergangen ist. Seufzend startet er den Motor, nimmt meine Hand und fährt mich zu meinem Auto zurück. Ich steige aus, sehe ihm nach wie er in der dunklen Nacht von Le Mans verschwindet und vermisse ihn jetzt schon wieder. Irgendwas ist jetzt anders. Irgendwie ist es jetzt nicht mehr nur meine kleine, frisch enthaarte Freundin im roten Spitzenkostüm, die sich nach ihm sehnt …

Ein Traum – mein Traum

Endlich Freitag, endlich Wochenende. Ich kann es kaum erwarten, aus der Arbeit rauszukommen. Heute Abend steht eine wilde Partynacht mit den Mädels an. Oh, wie ich mich freue. Gegen 20 Uhr kommen meine Mädels zu mir, wir trinken ein wenig auf meiner Dachterrasse und gehen anschließend in die Stadt, die Discotheken unsicher machen. Jede hat sich in ihr engstes, knappstes Kleid geschmissen und die höchsten High Heels angezogen. Dann kanns ja losgehen. Wir tigern zu viert in die Stadt, gehen in die angesagteste Disco und machen richtig Party. Nach einiger Zeit und einigen Wodka Tonic fällt mir mit Erschrecken auf, dass sich alle meine Freundinnen mit irgendwelchen Typen auf die Tanzfläche verzogen haben und Dirty Dancing eine ganz neue Bedeutung bekommt. Nur mich interessieren die anwesenden Männer hier gar nicht. Wie untypisch von mir. Reflexartig nehme ich mein Handy aus meiner Handtasche und checke die Uhrzeit, 3 Uhr. Nicht gerade die schlechteste Zeit, um heimzugehen. Für heute reicht es. Ich verabschiede mich von meinen Liebsten, soweit ich sie noch finde und nicht gerade unpassend komme und wanke nach Hause. Etwas nachdenklich, warum mich die aufgepumpten Testosteronmonster so gänzlich kalt lassen. Und dann denke ich an Phillipe, was er wohl gerade macht? Eigentlich will ich es mir gar nicht vorstellen, weil er sicher neben der vietnamesischen Realität im Bett liegt, wo er eigentlich mit mir liegen sollte. Aber sag mal deinem Kopf er soll nicht daran denken. „Denken Sie nicht an einen rosa Elefanten", ja genau, geht nicht.

Doch dann merke ich im Dunst meines Rausches, dass mein Handy geklingelt hat. Verdammt kann er Gedanken lesen? Jetzt wird es unheimlich. Phillipe hat geschrieben. Was macht er denn so spät noch wach? Hat ihn Schlitzauge bis 3 Uhr morgens über den Mount Everest geritten, oder was? Meine Gedanken im Rauschzustand sind ja noch gehässiger als nüchtern. Aber nüchtern betrachtet ist es alkoholisiert immer besser. Er schreibt: „Schlüssel steckt, bin im 3. Zimmer rechts. Jaqueline schläft tief und fest, weil sie getrunken hat. Ich warte auf dich." Oh mein großer Gott, wie verrückt ist das denn bitte? Ich soll zu ihm kommen? Ok. Es ist mittlerweile 3:40 Uhr morgens? Ok. Ich bin betrunken? Auch ok. Seine Freundin schläft in der gleichen Wohnung ein paar Meter weiter? GARNICHT OK. Ist er denn wahnsinnig? Mir stockt der Atem. Soll ich? Meine Sehnsucht nach ihm und meine, vom Alkohol entfesselte, kleine Freundin im schwarzem Satin schreien förmlich ja. Aber der Funken gesunden Menschenverstands, den ich noch nicht in Wodka ertränkt habe, schreit panisch: „Bist du des Wahnsinns!!!" Ich meine, reinkommen, kein Problem. Zu ihm ins richtige Zimmer zu finden, sollte sich auch leicht gestalten. Aber was zur Hölle sage ich, wenn sie doch aufwacht und uns sieht? Kann mich ja schlecht verlaufen haben. Vor allem habe ich ja eigentlich keinen Schlüssel für seine Wohnung.

Tausend Gedanken schießen durch meinen Kopf und ehe ich einen klaren Gedanken fassen kann, stehe ich schon vor unserer Haustür. Und was jetzt? Ich steige in den Aufzug, der mir rasend schnell vorkommt und stehe vor unseren Wohnungstüren. Der Schlüssel steckt tatsächlich. Mein Puls nähert sich der 300er Marke und mein Herz schlägt mir bis zum Hals. Wenn sie das mitbekommt, dann war Vietnam 1955 nur eine Feuerwehrübung im Vergleich dazu, was dann passiert. Ich gehe erst in meine Wohnung, um meine Tasche und Schuhe reinzubringen und versuche einen klaren Kopf zu bekommen. Keine Chance. Aber was habe ich schon zu verlieren? „Diese tolle Wohnung, nach der du so lange gesucht hast", meldet sich der Rest gesunden Menschenverstandes. „Klappe, ich bin geil und will zu ihm", übertönt der Bereich im Gehirn, der wohl für meinen Intimbereich zuständig ist. Herz (oder etwas weiter darunter) gegen Kopf, wie so oft im Leben. Scheiß drauf, ich tu es.

Barfuß im Kleid, mit nur meinem Schlüssel in der Hand und einem irren Gedanken im Kopf drehe ich seinen Wohnungsschlüssel um, sperre seine Wohnungstür auf, ziehe ihn ab und lege ihn im Flur auf eine Ablage. Alles dunkel, alles ruhig hier drin. Einen Moment lang gebe ich meinen Augen Zeit, sich an die Dunkelheit zu gewöhnen und meiner Lunge meinen vielleicht letzten Atemzug zu nehmen. Raubkatzenartig leise schleiche ich durch den Flur. Die Ohren gespitzt wie ein Luchs, die Augen wie eine Nachteule bin ich auf dem Weg zum 3. Zimmer auf der rechten Seite. Die Zimmertür ist einen Spalt weit offen. Ich gehe rein. Da sitzt er, aufrecht auf einem kleinen Bett und strahlt mich an. „Wir zwei Wahnsinnigen", mehr bringe ich in diesem Augenblick nicht über die Lippen. Ich bleibe vor ihm stehen, er zieht mich zu sich, schiebt mein Kleid nach oben und beginnt meine Oberschenkel zu küssen, tastet sich weiter Richtung Bauch, zieht mir das Kleid über den Kopf, küsst meine Brüste und legt mein Kleid neben mir auf den Boden. Ich bleibe stehen und genieße, was er mit meinem Körper macht. Er erforscht jeden Zentimeter meiner Haut, küsst mich überall, greift nach meinem Hintern, knetet in fest, streicht über meinen Bauch, meine Brüste zu meinem Hals, packt mich am Nacken und zieht mich zu ihm aufs Bett. Plötzlich habe ich die Welt um mich herum völlig vergessen, rieche und schmecke ihn einfach nur. Er ist so zärtlich, ich zerfließe wie Butter in seinen Händen. Ich habe nicht mal bemerkt, dass wir jetzt beide nackt sind. Er dreht mich auf den Rücken, küsst mich erneut von Sohle bis Scheitel und dringt sanft in mich ein. Ich muss mich so beherrschen, dass ich keinen Ton von mir gebe. Er fühlt sich einfach immer wieder unbeschreiblich gut an. Heute ist er ganz sanft und vorsichtig. Im langsamen, sanften Rhythmus stößt er mich immer wieder, küsst mich am Hals, meinen Ohren, meinen Brüsten und so leise ich nur kann, komme ich. Ich kralle mich in seinem großen, starken Rücken ein, weil ich nicht weiß, wohin mit der Energie, die er in mir freisetzt. Das scheint ihm sehr zu gefallen, denn kurze Zeit darauf kommt er auch.

Eine lange Zeit bleibt er noch in und auf mir liegen, kuschelt sein Gesicht zwischen meine Brüste und streichelt mich am ganzen Körper. Mir läuft Gänsehaut. Bevor ich aber mit diesem wohligen Gefühl einschlafe, und ich kenne mich, flüstere ich ihm leise zu, dass ich jetzt wirklich gehen muss, bevor doch noch „irgendjemand" wach wird und ich zu Sushi verarbeitet werde. Nackt wie ich bin, stehe ich auf. Er stellt sich mir gegenüber, sieht mich an, nimmt mein Gesicht in seine Hände, sieht mir tief in die Augen und sagt: „Du bist ein Traum, du bist mein Traum." Ich bekomme Gänsehaut, mir läuft es eiskalt über den Rücken, mir stockt erneut der Atem. So etwas unbeschreiblich Schönes, Nettes und von Herzen ehrlich Gemeintes hat noch nie jemand zu mir gesagt. Ich kämpfe mit den Tränen, vor Glück und vor unfassbarer Dankbarkeit, dass ich so einen unendlich tollen Menschen kennenlernen durfte. Ich erwidere seine Worte, die von mir ebenfalls aus tiefstem Herzen ehrlich gemeint sind. Mir fällt es in der Regel sehr schwer, als erste nette Worte zu einem Mann zu sagen, so oft wie ich damit schon auf die Fresse gefallen bin. Deswegen habe ich beschlossen es ganz zu lassen. Vor allem bei Phillipe hätte ich mich das nie getraut, nicht, dass er denkt, ich hätte mich in ihn verliebt und was für ein naives, kleines Mädchen ich doch bin. Doch dieser besondere Moment lässt mich doch wieder ein wenig hoffen auf das Gute im Menschen und an die Liebe glauben, an wahre Gefühle und nicht an „Wer ficken will muss lieb sein". Wir küssen uns noch eine lange Zeit, was so emotional und gefühlvoll ist, wie ich es selten erlebt habe. Obwohl, selten ist untertrieben, die Rate der ehrlichen, gefühlvollen Küsse geht eher gegen Null. So leise und raubkatzenartig wie ich gekommen bin, gehe ich auch wieder. Phillipe geht hinter mir, um die Wohnungstür so leise wie möglich zu schließen. Ein letzter Kuss, ein letzter Blick und ich stehe nackt im Flur mit nichts in der Hand als meinem Wohnungsschlüssel, meiner Kleidung und meinem Herzen, denn das habe ich dank Phillipe gerade wieder entdeckt, dass es lebt, dass es liebt.

Schönen Feierabend wünsche ich

Eine weitere Arbeitswoche vergeht. Es ist eine regnerische Woche. Von Phillipe habe ich auch nicht viel gehört, da Jaqueline leider allgegenwärtig ist. Sie klebt ihm am Arsch wie eine Klette und ich kann nicht mal mit ihm schreiben, weil sie sein Handy mitbenutzt. Wir sind mittlerweile auf E-Mail-Verkehr umgestiegen. Wir schicken uns gegenseitig irgendwelche Werbemails weiter und schreiben unsere Texte in die AGBs ins Kleingedruckte. Wie dämlich eigentlich. Aber nichtsdestotrotz sehr effektiv, um möglichst verdeckt und unauffällig zu kommunizieren. Deshalb wundere ich mich umso mehr, als ich kurz vor meinem Feierabend eine Nachricht von ihm bekomme. Ich freue mich immer wie ein kleines Kind an Weihnachten, wenn er sich bei mir meldet. Er schreibt, dass ich nach der Arbeit sein Auto auf dem Parkplatz suchen und zu ihm kommen soll. „WASSSS??" Er wartet vor meiner Arbeit auf mich? Was ist denn jetzt mit ihm los? Normal komme ich immer auf Abruf zu ihm und nicht er überraschenderweise zu mir und dann auch noch in die Arbeit. Bin gespannt, was er von mir möchte. Die letzten 5 Minuten bis Feierabend fühlen sich wie 5 Stunden an.

Um 17 Uhr stürze ich aus der Arbeit, raus in den Regen, auf den Parkplatz. Da sehe ich ihn schon stehen, sein Auto etwas abseits in einer Parkbucht. Im strömenden Regen gehe ich so schnell wie möglich zu ihm, mache die Beifahrertür auf und setze mich in seinen trockenen Wagen. Er lächelt mich an und wir nehmen uns, soweit es die Position von einem Autositz aus zulässt, in den Arm und küssen uns. Er sieht wieder unglaublich gut aus in seinem weißen Hemd und der Anzughose. Er war gerade bei einem Termin und dachte, er besucht mich auf dem Rückweg. Wie schön, daran könnte ich mich gewöhnen. Ich könnte mich an ihn gewöhnen. Ich verbringe sehr gern Zeit mit ihm. Wir unterhalten uns eine Zeit lang über die vergangenen Tage, was wir erlebt haben und was wir so gemacht haben. Dann wird er plötzlich ernst. Das kenne ich so gar nicht von ihm. Er sagt, er muss mit mir reden. Das macht mir Angst. Tausend Gedanken schießen mir plötzlich durch den Kopf und ich frage mich, warum ich meine Gefühle gerade nicht unter Kontrolle habe und welche Aussage oder Entscheidung von ihm mich so in Angst versetzen könnte. Er sieht mich an und sagt etwas, das ich nie im Leben erwartet hätte: „Ich empfinde etwas für dich …“ Schockstarre … Kann mich bitte jemand zwicken? Kommt jetzt gleich die versteckte Kamera um die Ecke oder wache ich einfach nur gleich auf? Nein Aurelie, das hat er gerade wirklich gesagt. In echt jetzt. Und dann gibt es für mich irgendwie kein Halten mehr. Ich fange an zu weinen, nehme sein wunderschönes Gesicht in meine kleinen Hände, ziehe es an mich, bis wir Nasenspitze an Nasenspitze sind und sage ihm, dass ich auch etwas für ihn empfinde, es mich nur nie aussprechen traute, weil ich nie als naives, kleines Mädchen dastehen wollte. Weil mich die Zeit und die Männer es einfach gelehrt haben, sowas ganz zu lassen oder nur zu erwidern, aber nie die Erste zu sein, die Gefühle zugibt. Und jetzt sowas. Ich bin so unglaublich gerührt und voller Gefühle, aber auch voll mit 1000 Fragen, weil ich eigentlich nie damit gerechnet habe und mir auch nie darüber Gedanken gemacht habe, was wäre, wenn. Doch wenn ich jetzt mal ganz ehrlich in mich rein höre, hinter meine meterhohe Mauer blicke, habe ich mich schon ein ganz großes Stück in ihn verliebt, was ich aber selbst unter Folter nicht zugegeben hätte.

Aber gleich nach diesem Gefühlshöhenflug schoss mir in den Kopf, wie das jetzt weiter gehen sollte. Was ist mit Jaqueline? Warum sagt er mir das überhaupt? Was will er damit bezwecken? Will er mich damit nur bei Laune halten, damit ich weiterhin artig auf Abruf bereitstehe? Aber ich habe ihm bis jetzt noch nie die Pistole an die Brust gesetzt oder bin mit der Gefühlsschiene angekommen? Oder ist das seine Masche, die ganz offensichtlich gerade voll bei mir einschlägt? Er spürt auch, dass ich plötzlich sehr nachdenklich werde und ich erzähle ihm von meinen Gedanken und Zweifeln. Ich will eigentlich primär wissen, wie es mit uns weitergehen soll. Er erklärt es mir folgendermaßen: „Wenn man eine Entscheidung zu treffen hat, sollte man dies nicht anhand der Erlebnisse aus der Vergangenheit tun, denn das ist geschehen und kann nicht mehr rückgängig gemacht werden und wird sich aber auch nie wieder genauso wiederholen. Man soll auch nicht in die Zukunft sehen und seine Entscheidung davon abhängig machen, denn niemand kann in die Zukunft sehen. Niemand weiß, was wirklich passieren wird und oft ist es auch nur ein Wunschdenken, das nie in Erfüllung gehen wird. Man sollte beobachten und bewerten, wie es in der Gegenwart ist. Was man fühlt und denkt. Ob man sich mit all dem, was man zusammen macht, auch über lange Zeit identifizieren kann und sich wohl fühlt. Nicht so sprunghaft sein, wenn eine Situation mal nicht so gut läuft, gleich das Handtuch werfen, aber auch nicht von den Gefühlen überwältigen lassen und sich sofort ewige Liebe und Treue schwören nach einem Monat."

Ok, das habe ich soweit verstanden und finde das auch vernünftig. Der Mann hat schließlich Erfahrung und will nicht von meinen Launen und Gefühlen geleitet werden, die zugegeben des Öfteren sehr sprunghaft sind. Das bedeutet jetzt im Klartext für mich, ich … naja, muss einfach nur so bleiben, wie ich bin und abwarten. Mich artig benehmen und ihm beweisen, dass es mir hier auch um etwas „Nachhaltiges" geht. Das bekomme ich hin, ich habe einen starken Willen und Durchhaltevermögen, nicht nur im Bett. Wow, was für eine Ansage, damit habe ich nun wirklich nicht gerechnet. Er macht sich wohl auch Gedanken. Was ja im Umkehrschluss für mich bedeutet, dass es für ihn auch nicht nur um eine Bettgeschichte geht. Wir küssen uns noch eine lange Zeit und mein Herz schlägt mir bis zum Hals. Phillipe hat in mir etwas bewegt. Er hat wohl alle Mauern eingerissen und mein Herz wieder zum Leben erweckt.

Dann reißt uns das Klingeln seines Handys aus unserem verträum-
ten und verliebten Rumknutschen. Jaqueline ist in der Stadt und
möchte abgeholt werden. Na toll. Die Alte muss auch immer alles
kaputt machen. Warum löst sie sich eigentlich nicht in Luft auf.
Nun ja, das ist wohl der bittere Beigeschmack, wenn man sich
in einen vergebenen Mann verliebt. Oh mein Gott, habe ich das
gerade wirklich gedacht? Verliebt? Ja, das muss ich mir tatsächlich eingestehen, verliebt zu sein. Ein wunderschönes Gefühl,
auch wenn ich es unter den gegebenen Bedingungen nicht voll
und ganz genießen kann. Aber wie ein weiser Mann so schön
gesagt hat, abwarten, beobachten und beurteilen und dann erst
entscheiden. Wir verabschieden uns und ich steige aus seinem
Auto, winke ihm noch zu, als er fährt, steige verträumt in mein
Auto ein und denke die gesamte Heimfahrt über das nach, was
gerade passiert ist.

Ein Wochenende voll Leidenschaft

Ich hasse es, wenn Jaqueline bei ihm ist. Ich höre ihn, ich sehe ihn und kann doch nicht zu ihm. Das macht mich wahnsinnig. Aber so kann ich ihm hoffentlich auch beweisen, dass ich es ernst meine und durchhalte, weil ich ihn wirklich gernhabe. Wir treffen uns ab und zu im Treppenhaus, tauschen kurze, heimliche Küsse aus, ich bringe gefühlte 1000mal meinen Staubsauger in den Keller und zurück, wenn ich durch den Türspion (ja die Stasi hat alles im Blick) sehe, dass er mit dem Wäschekorb in den Aufzug geht, um im Keller seine Wäsche zu machen. Aber das alles zwischen Tür und Angel. Immer heimlich und schnell. Er kommt fast jeden Morgen nach dem Sport zu mir. Bringt mir ab und zu Frühstück mit oder kuschelt sich noch zu mir ins Bett. Manchmal kommt er auch mitten in der Nacht zu mir, wenn er nicht schlafen kann. Aber das reicht einfach nicht. Das Gefühl, dass er mit meinem Lipgloss an seinen Lippen danach zu ihr geht, bringt mein Blut zum kochen. Ich überlege, wie ich ihn schnellstmöglich wieder für eine längere Zeit für mich haben könnte. Ich will neben ihm einschlafen und aufwachen, am besten nicht mit einem Puls von 180, weil uns jemand erwischen könnte.

Eine Freundin von mir bringt mich auf die Idee, dass er ja auch auf Geschäftsreise übers Wochenende wegkönnte, ohne dass es jemandem auffällt. Dafür liebe ich meine Mädels, die denken genauso wie ich. Das schlage ich ihm dann auch vor und er ist begeistert. Er sucht ein Hotel in Paris aus, wo wir das ganze Wochenende verbringen. Sowas Verrücktes habe ich noch nie gemacht. Obwohl ich ja wirklich von meinen außergewöhnlichen Geschichten auch noch ein Buch schreiben könnte. Freitagnachmittag sollte es losgehen. Ich bin ja so aufgeregt. Was soll ich nur alles einpacken? Unterwäsche, die stilvollste und heißeste, die ich besitze. Oder am besten noch neue kaufen. Brauche ich überhaupt ein zweites Paar Schuhe, außer das, mit dem ich anreise? Wir werden wohl kaum aus dem Bett, geschweige denn aus dem Hotelzimmer kommen. Also wird sich mein Gepäck für 3 Tage auf Unterwäsche und meine Zahnbürste beschränken. Ich habe keine Ahnung welches Hotel er ausgesucht hat, aber es wird sicherlich stilvoll sein. Phillipe beweist in allen Lebenslagen Stil. Naja, außer bei der Wahl seiner aktuellen Freundin, aber das steht mir nicht zu, zu beurteilen, da eine gewisse Abneigung sie noch unattraktiver scheinen lässt, als sie ohnehin in meinen Augen schon ist.

Oh mein Gott, was erzählt er ihr denn, um welche Geschäfte es sich denn handelt? Nun gut, das muss nun wirklich nicht meine Sorge sein. Ein Problem gilt es allerdings noch zu klären. Wir können schlecht auf unserem Parkplatz gemeinsam in sein Auto steigen und losfahren. Wenn das jemand sieht, geschweige denn Jaqueline, dann haben wir ein richtiges Problem bzw. dann nicht mehr. Wie auch immer. Um den riskanten Ausflug nicht gleich enden zu lassen, bevor er anfängt, fahre ich mit meinem Auto zu einer Freundin, die eine Stunde entfernt wohnt und lasse dort mein Auto stehen, wo er mich dann auch abholt. Problem gelöst. Ich sollte vielleicht eine Alibifirma aufmachen.

Nervös stehe ich neben meinem Auto und warte auf ihn. Eine gefühlte Unendlichkeit vergeht, bis ich endlich sein Auto um die Kurve fahren höre. Mein Gott bin ich aufgeregt. Warum auch immer. Ist ja nur er. NUR? Die Nummer hier ist sowas von verboten ... gut. Ich checke noch einmal, ob ich mein Auto auch wirklich abgesperrt habe, (kleiner Kontrollfreak) nehme meine „Gepäck" und gehe in seine Richtung. Er steigt aus und sieht wie immer verdammt umwerfend aus. Weißes Hemd, sehr gut sitzende Jeans, schicke Schuhe, und um das Ganze noch zu toppen, sein unendlich schönes, sanftes Lächeln, bei dem ich schon wieder weiche Knie bekomme. Er kommt mir entgegen, ich lasse achtlos meine Tasche fallen und nehme ihn fest in meine Arme.

Ich atme ihn ein, diesen vertrauten Geruch aus Dolce & Gabbana und seiner Haut, der einfach nach Liebe, Ruhe und Geborgenheit riecht. Ich schließe meine Augen und fühle ihn. Als er mich wieder loslässt, um mich zu küssen, habe ich ein Lächeln im Gesicht, dass ohne Ohren vermutlich rundum reichen würde. Er nimmt meine Tasche, verstaut sie im Kofferraum und öffnet mir die Beifahrertür. Er steigt ein, startet den Motor, grinst mich an und schüttelt stumm seinen hübschen Kopf. Er nimmt meine Hand und streichelt sie die ganze Fahrt über. Es geht los, endlich, in das lang ersehnte, gemeinsame Wochenende, dass nur uns gehören wird, nur uns beiden, keine Angst entdeckt zu werden, ohne komisches Gefühl in der Öffentlichkeit Händchen halten und knutschen, neben ihm einschlafen und aufwachen. Allein die Vorfreude lässt mein Herz höherschlagen. Wir unterhalten uns viel auf der einstündigen Fahrt nach Paris. Wir konnten uns in letzter Zeit leider nicht sehr lange unterhalten, da wir nie viel Zeit füreinander hatten und die wenige Zeit, die wir rausschlagen konnten, haben wir meist mit Körperlichkeiten verbracht.

Das Navi sagt, dass wir gleich da sein müssten. Mein Puls steigt. Allein die Einfahrt des Hotels ist imposant. Nur schicke Nobelkarossen auf dem Parkplatz. Da fallen wir mit unserem dicken Mercedes kaum auf. Wir parken, steigen aus und gehen in Richtung Hoteleingang. Es fühlt sich irgendwie seltsam an, eine Mischung aus Vorfreude, Neugierde und Schüchternheit. Ja, ich kann auch schüchtern sein oder mich zumindest verlegen fühlen. Was denken die anderen Gäste, die uns zusammen sehen? Mir ist grundsätzlich so einiges egal, aber an Philippes Seite möchte ich immer glänzen. Arm in Arm gehen wir an die Rezeption, wo uns ein sehr freundlicher, junger Mann begrüßt und mir mit seinem ersten Satz die Schamesröte ins Gesicht steigen lässt. Originaler Wortlaut: „Ah, Sie haben die Reservierung des Penthouses mit dem Badewannen-Arrangement gebucht." Oh mein Gott! Was hat Phillipe nur vor? Oh Gott nein, diese peinliche Stille, die kenne ich eigentlich nur noch vom Zusammentreffen mit Phillipe damals im Aufzug. Noch lange bevor ich diesen wundervollen Mann näher kennenlernen durfte. Der Hotelpage fordert uns auf, ihm in unsere Unterkunft für die nächsten zwei Nächte zu folgen. Wir gehen durch den hoteleigenen, wundervoll angelegten Garten, in dem einzelne, kleine, zweistöckige Häuschen stehen. Wir folgen dem Pagen die Treppen rauf zu unserem Penthouse, der uns grinsend die Tür aufsperrt. Er wünscht uns einen angenehmen Aufenthalt und schließt die Tür hinter sich.

Ich bin erstmal völlig überwältigt von dem, was im Inneren des Penthouses auf mich wartet. Der Boden ist übersät mit Rosenblättern, die am riesigen Bett vorbei zu einer Tür führen. Ich lasse meine Tasche fallen, sehe Phillipe an, der hinter mir steht. Er nickt mir grinsend zu und blickt in Richtung der Tür, zu der die Blätterspur geht. Ich gehe zur Tür, öffne sie und traue meinen Augen nicht. Drinnen befindet sich das Bad, überall sind Kerzen angezündet und Rosenblätter auf dem dunklen Marmorboden. Ums Eck ist eine riesige Badewanne, die schon mit warmem Wasser und Schaum vollgelaufen ist. Plötzlich spüre ich, dass Phillipe ganz nah hinter mir steht, mir langsam über den Kopf und die Schultern streicht und mich zu sich umdreht. Wir sagen kein Wort, sehen uns nur in die Augen, küssen uns und ziehen uns langsam gegenseitig aus. Wir steigen ins warme Wasser der Badewanne und genießen die gemeinsame Zeit. Ich liege mit dem Rücken zu ihm, er streichelt mich mit seinen großen, warmen Händen überall, über meine Brüste, meinen Bauch entlang, zwischen meine Beine. Langsam und sanft beginnt er meine Muschi in kreisenden Bewegungen zu massieren. Er streicht auf und ab, umkreist meinen Kitzler und macht mich wahnsinnig. Endlich kann ich es wirklich genießen. Endlich haben wir scheinbar endlos Zeit für uns.

Nach dem Warm-up, im wahrsten Sinne des Wortes, steigen wir wortlos aus der warmen Wanne. Ich folge ihm zurück ins Schlafzimmer, wo er mich zu sich aufs riesige Kingsize-Bett zieht. Er sitzt mit dem Rücken an der gepolsterten Bettrückwand und ich setze mich auf ihn. Er muss kein Wort sagen, unsere Seelen verstehen sich ohne einen Ton. Es ist nicht mehr nur dieses triebgesteuerte aufeinander, ineinander rumreiten. Er berührt nicht nur meinen Körper, er berührt auch meine Seele. Wir sind so eingespielt, dass wir zwischendurch immer mal wieder ineinander liegen und uns nicht bewegen, sondern einfach nur spüren, den Moment genießen und uns ansehen. Unser restlicher Abend besteht aus Sex und Duschengehen im Wechsel. Ich bin nicht müde, ich bin nicht hungrig, denn alle meine Sehnsüchte und Bedürfnisse stillt er. Irgendwann schlafen wir dann doch einfach ineinander ein.

Am nächsten Morgen werden wir vom Klopfen an unserer Zimmertür geweckt. Phillipe steht auf, zieht sich einen Bademantel an und öffnet die Tür. Ich bleibe im Bett liegen und staune nicht schlecht, als er breit grinsend mit einem riesigen Tablett voll mit allem Erdenklichen, was man sich zum Frühstück erträumen kann, zurück zu mir ins Bett kommt. Wow, was für ein Service, Frühstück ans Bett und dann noch von dem bestaussehensten Mann der Welt. Herrlich, das muss wohl mein Glückstag sein, besser kann er nicht starten. Wir frühstücken und beschließen dann doch, diesen herrlichen Tag in Paris zu verbringen. Dann habe ich ja mein zweites Paar Schuhe doch nicht umsonst mitgenommen, denke ich.

So gehen wir Hand in Hand in die Stadt der Liebe, von der ich einfach nur überwältig bin. Wir sind im Louvre und haben unsere gemeinsame Liebe zur Kunst entdeckt. Geflashed von so viel Schönheit der Kunstwerke, mit diesem einzigartigen Mann an meiner Seite, kann ich mein Glück kaum fassen und strahle wohl über das ganze Gesicht. Denn irgendwann bemerke ich, wie mich Phillipe beobachtet und ebenfalls breit grinst, aber nicht wegen all dem, was um ihn herum ist und mich zum Staunen bringt. Er strahlt mich an, was ich mir nicht wirklich erklären kann. Er zieht mich zu sich, nimmt meinen Kopf in seine Hände und sagt: „Wenn du glücklich bist, bin ich es auch." Und küsst mich. Vor all den Menschen, wie wenn es das normalste der Welt wäre – wie wenn wir zusammen wären. Wir gehen noch in die Stadt, wo ich vor einem Schaufenster eines Designers hängen bleibe und dieses unfassbar schicke Kleid und die passenden Schuhe bestaune. Phillipe fragt mich nach meiner Größe, geht mit mir in den Laden und kauft es mir einfach, mit den Worten „Wir gehen heute Abend noch schön essen, da brauchst du was besonders Hübsches."

Im Hotel angekommen, gehen wir erstmal duschen. Naja, also nicht wirklich um sauber zu werden, denn unsere Dusch-Aktionen sind doch immer sehr schmutzig. Wenn das so weitergeht und wir immer unter der Dusche oder in der Badewanne Sex haben, muss ich aufpassen, dass ich zukünftig nicht schon bei Regen geil werde. Konditionierung á la pawlowscher Hund, nur eben die phillipische Dusche oder so ähnlich. Ich stehe in der riesigen, ebenerdigen Dusche vor ihm, er drückt seinen Körper eng an mich und beginnt mich überall einzuseifen. Er wäscht mir sogar die Haare, was ich unendlich geil finde. Oh Gott, wo soll das noch enden? Bald kann ich weder bei Regen raus noch zum Friseur gehen, ohne feucht zu werden. Ich spüre, wie er seinen steifen Schwanz von hinten zwischen meine Schenkel drückt und ihn reibt. Ich halte das nicht mehr aus, bücke mich ein Stück nach vorne und stütze mich mit den Händen an der Wand ab. Vorsichtig dringt er in mich ein und besorgt es mir im Stehen. Das warme Wasser und seine Hände sind überall und es kribbelt wie 1000 feine Nadelstiche am ganzen Körper. Seine Oberschenkel klatschen an meinen nassen Arsch und mit erhöhter Taktzahl kann ich nicht anders, als einfach nur zu kommen. Ich kralle mich in der Wand ein und befürchte, demnächst die Fliesen von der Wand zu reißen. Ob ich gut versichert bin, ist mir in diesem, unendlich scheinenden Augenblick vollkommen egal.

Nachdem wir endlich auch mal wirklich geduscht haben, ziehe ich das neue, kleine Schwarze an und schlüpfe in diese abgefahrenen High Heels und wir gehen zum Essen. Phillipe sieht wie immer umwerfend aus, im dunkelblauen Anzug und hellbraunen Lederschuhen. Dass wir ein hübsches Paar sind, fällt wohl auch den anderen Gästen im Restaurant auf, da plötzlich alle Blicke auf uns gerichtet sind. Wir werden zum Tisch begleitet und genießen ein köstliches fünf Gänge Menü mit Weinbegleitung. Wir haben uns den ganzen Abend unterhalten, gelacht und getrunken. Ich kann mir solche Abende definitiv bis zum Ende meines Lebens mit ihm vorstellen. Mit ihm zusammen ist einfach alles so leicht, ich denke nicht an gestern und nicht an morgen, ich versinke einfach nur in seinen blauen Augen.

Der Weg in unser Penthouse, sichtlich angetrunken, lachend, lallend und schwankend, führt uns durch den hoteleigenen Garten, in dem ein lebensgroßes Zebra steht und ein Schild davor „Wackelig – bitte nicht reiten". Warum wir uns genau darüber so köstlich amüsiert und zu Tode gelacht haben, kann ich nicht sagen, aber ich liebe sein Lachen und kann kein Zebra mehr sehen, ohne an ihn zu denken. Oh Moment, Liebe? Habe ich gerade gesagt, ich liebe sein Lachen? Hab ich jetzt den Sprung von verliebt sein zu Liebe irgendwie verpasst? Oh je, Aurelie, du bist doch schon tiefer drin, als dir lieb ist. Schnell verwerfe ich diesen Gedanken als wir an der Zimmertür angekommen sind, denn Phillipe nimmt mich in den Arm und beginnt mich zu küssen. Ich schließe die Augen und lasse es einfach geschehen und überlasse ihm völlig die Kontrolle. Ehe ich mich versehe, sitze ich nackt auf dem Glastisch im Zimmer und Phillipe steht nackt vor mir. Er geht vor mir auf die Knie und beginnt die Innenseite meiner Oberschenkel zu küssen und wandert immer weiter Richtung Körpermitte und leckt mich in ungeahnte Sphären. Dann richtet er sich vor mir auf und schiebt seinen Schwanz sanft in mich und hält einen Moment inne. Er nimmt mich in den Arm, streicht an meinem Körper entlang und schiebt meinen Hintern noch ein Stück näher an die Tischkante.

Das Nächste, was ich am Morgen danach mitbekomme, ist das Klingeln eines Telefons, das aber weder nach meinem oder Phillipes klingt. Das penetrante Klingeln hat ihn wohl auch geweckt, denn ich sehe, wie er aufsteht und verwundert die störende Geräuschquelle sucht. Das Zimmertelefon klingelt. Warum zur Hölle? Wer sollte uns denn hier anrufen? Hat Vietnam so gute Abhörmethoden und der schlitzäugige Albtraum hat uns doch gefunden? 1000 Gedanken rasen jetzt durch meinen Kopf und ich bin schlagartig hellwach. Ich höre nur, wie Phillipe sagt: „Ja? Ja natürlich. Aber wir haben den Late-Check-Out gebucht. Ach so, es ist bereits 11 Uhr. Ok, geben Sie uns noch eine Stunde, ja? Danke." Er dreht sich um und grinst mich an. Anscheinend wollte die Putzkolone zum Bettenwechsel kommen, aber wir haben das „Bitte nicht stören"-Schild an der Türklinke hängen und jetzt hat die Rezeption mal nachgefragt, wann wir denn vorhaben unser Zimmer zu räumen. Und damit wird auch mir wieder bewusst, dass dieses so endlos scheinende Wochenende schon wieder zu Ende ist. Wir packen schnell unsere sieben Sachen zusammen und verlassen unsere Liebeshöhle, die man nach unserem Wochenende doch eher kernsanieren, anstatt nur putzen sollte. Wir setzen uns in sein Auto und er fährt mich zu meinem. Die Fahrt über haben wir kein Wort gesprochen, weil jeder so in Gedanken verloren und vertieft war. Und wieder einmal kämpft in mir mein Herz gegen meinen Kopf, doch das Herz wird immer lauter. Ich weiß nicht, wie lange ich es noch zum Schweigen bringen kann, bevor ich irrationale Entscheidungen treffe oder ihm doch das Messer auf die Brust setze, weil ich ihn für mich allein will. Denn das ist es, was ich will – ich war mir noch nie so sicher wie jetzt.

Mach's dir selbst – besser geht's nicht

Die Zeit vergeht, der Sommer neigt sich dem Ende zu und die ganze Nummer mit Phillipe und mir dauert nun doch schon knapp ein halbes Jahr, ohne dass wir dem Kind einen Namen gegeben haben. Was eigentlich mehr als untypisch für mich ist, denn mein zweiter Vorname ist „Ungeduld". Normal sind es die Männer, die auf mich warten, egal ob es nur um eine Antwort per SMS oder um ein Date oder eben um den Orgasmus geht. Aber was ist in dieser „Beziehung" schon normal? Nichts, einfach gar nichts. Macht es das gerade so spannend? Ist es die Aufregung, die Ungewissheit, das Verbotene, was uns die letzten sechs Monate begleitet? Würde unsere Beziehung unter normalen Umständen, ohne Heimlichtuerei, überhaupt funktionieren? Was passiert eigentlich, wenn das alles rauskommt? Wenn ihn Schlitzauge verlässt und in ihrer Reisschüssel mit einem One-Way-Ticket wieder dahin fährt, woher sie sich auch immer hierher verirrt hat? Bin dann am Ende ich an allem schuld? Denn der Arsch ist ja meist die Frau, mit der der Mann einen betrügt und nicht der Mann selbst. Wie oft wird dem Betrügenden verziehen, Strauß Rosen, Essen gehen, bisschen ins Gesicht lecken und alles ist wieder gut. Nur die Affäre bekommt es mit dem Nudelholz der gehörnten Ehefrau zu tun, was jetzt wirklich nicht rein metaphorisch gemeint ist. 1000 Fragen rotieren in meinem Kopf, während ich den Regentropfen an meinem Fenster beim Wettrennen zusehe. Jetzt kommt die kuschelige Badewannen Zeit, in der es sich die Pärchen auf der Couch vorm Fernseher gemütlich machen. Nur auf meiner Couch wartet niemand, außer meine Flauschi-Decke, auf mich. Trübsal blasen schmeckt mir überhaupt nicht und ist auch nicht meine Art. Aber ohne Phillipe ist einfach alles doof. Ich fühle mich wie dieses gezeichnete Schaf: Couch doof, Fernseher doof, Bett doof, alles doof.

Apropos Phillipe: Was er wohl gerade macht? Jaqueline ist, soweit ich weiß, wieder einmal auf Heimaturlaub und eigentlich bedeutet das ja sturmfrei für uns. Warum hat er sich noch nicht …

Das Klingeln meines Handys reißt mich aus meinen Gedanken. Mein Wort in Gottes Ohr, eine SMS von ihm: „Pack die Badesachen ein und komm rüber." Wie immer sagt das alles und auch wieder nichts. Aber was gäbe es an diesem verregneten Sonntagabend schöneres, als ihn in einer Therme im warmen Wasser mit Phillipe zu verbringen. Ich lasse alles stehen und liegen, was nicht wirklich viel ist, packe meinen Bikini ein und gehe zu ihm rüber.

Phillipe öffnet mir die Tür. Wie immer habe ich Herzklopfen und freue mich wie ein kleines Kind an Weihnachten. Ich muss mir dringend mal so eine Pulsuhr zulegen, denn das, was er mit meiner Pumpe macht, gehört aufgezeichnet, das ist nicht normal. Zu meiner Überraschung hat er aber weder seine Badetasche noch den Autoschlüssel in der Hand oder auch nur Schuhe an. Jetzt bin ich aber gespannt, was das mit der Badehose auf sich hat. Wir nehmen uns lange und intensiv in den Arm und er drückt mich ganz fest an sich, sodass ich sein Herz schlagen höre. Wir gehen in die Küche, es riecht nach Essen. Phillipe hat für uns gekocht. Ich verstehe gar nichts mehr. Will er mit mir im Bikini essen oder warum zur Hölle sollte ich Badesachen mitnehmen? Ich lass mich einfach mal überraschen und stelle keine unangebrachten Fragen. Ich vertraue ihm einfach und hinterfrage keine seiner Aktionen. Bei ihm habe ich einfach nie das Bedürfnis, die Kontrolle zu behalten, damit ja nichts passiert, was ich nicht geplant habe oder erst recht nicht will. Wir essen und unterhalten uns lange. Er hat eine gute Flasche Rotwein geöffnet, die wir in total schicken, riesigen bauchigen Gläsern trinken.

Plötzlich entschuldigt sich Phillipe und verschwindet für einige Zeit. Grinsend kommt er zurück und nimmt meine Hand. Wir verstehen uns einfach blind und ich folge ihm, ohne ein Wort zu sagen oder zu fragen. Wir gehen Richtung Bad, er öffnet die

Tür. Es ist sehr warm und die Badewanne ist bis zum Rand voll mit Schaum. Im Hintergrund läuft leise, entspannende Musik, ich glaube ich kann meinen Lieblingskomponisten Ludovico Einaudi erkennen. Ah, jetzt verstehe ich, deshalb die Badesachen. Das war wohl eher metaphorisch gemeint. Langsam ziehen wir uns aus und steigen in die wohlig duftende, warme Wanne. Ich drehe mich mit dem Rücken zu ihm und lege meinen Kopf an seine starke Brust. Total relaxed sehe ich aus der riesigen, vollverglasten Terassentür hinaus in das graue, kalte Regenwetter. Ich merke wie Phillipe beginnt mich zu streicheln, überall. Er streift sanft über meine Schulter, über meine Brüste zu meinem Bauch, über meine Oberschenkel und wieder zurück. Obwohl das Wasser gefühlt 40 Grad hat, läuft mir Gänsehaut. Dann massiert er meinen Kopf und fängt an meine Haare zu waschen. Das mag für den einen oder anderen vielleicht verstörend klingen, aber es macht mich wahnsinnig scharf. Ich genieße jede seiner Berührungen und er offensichtlich auch, da ich spüre, wie sein Schwanz unter mir hart wird und mir gegen den Rücken drückt.

Doch dann reißt uns ein Geräusch aus unserem Liebesspiel. Wir schrecken beide hoch. Was war das? Klang das nach seiner Haustür? War das ein Schlüssel? Und wenn ja, wer ist das? Phillipe sieht entgeistert auf sein Handy, wie wenn er dort sehen könnte, woher dieses Geräusch kommt. Tatsächlich, eine SMS der vietnamesischen Realität. Sie ist vor zwei Stunden am Flughafen gelandet und dass sie einen Tag früher heimkommt. Überraschung – nicht! Ich dachte, die Einzige, die heute noch kommt bin ich. Fuck – und jetzt? Ich springe geistesgegenwärtig aus der Wanne, trockne mich ab und zieh mich an, damit ich zumindest nicht nackt sterben muss. Einfach zur Badezimmertür rausspazieren geht schlecht. Wie sollte ich das auch erklären? Ich wollte mal seine Wohnung sehen? Mit nassen Haaren? Eher unglaubwürdig. Ich blicke zur Terassentür und habe einen Plan. Glücklicherweise sind unsere Dachterrassen nur durch ein niedriges Geländer getrennt, sodass man relativ gefahrlos darüber klettern kann. Ich teilte Phillipe meine brillante Idee mit, damit er mir dann meine Terrassentür bitte von innen öffnet und so tut, als hätte ich ihn angerufen, weil irgendwas in der Wohnung kaputt wäre. Gesagt – getan. Ich stell mich also in den Regen raus und klettere wie Reinhold Messner von Dachterrasse zu Dachterrasse und hoffe, dass Phillipe mir bald meine eigene Tür öffnet und mich von meinem Leid, geil und wie ein begossener Pudel im Regen zu stehen, erlöst. Endlich sehe ich wie er am Ende meines Flurs die Haustür öffnet, das Licht anmacht und mir die Tür öffnet. Sein Gesichtsausdruck ist eine Mischung aus Mitleid, Freude und Erleichterung. Er küsst mir noch kurz die Stirn, grinst und geht wieder. „Mit dir wird es einfach nie langweilig", sagt er noch, als er geht. Und da ist sie wieder, diese unerträgliche Stille und das Warten auf das nächste Wiedersehen. Wie so oft.

Latin Lover

Phillipe ist in letzter Zeit sehr zurückhaltend. Wir sehen uns kaum noch. Ich weiß nicht, ob Jaqueline den Braten gerochen hat, was Sonntagabend los war. Sie wird sich sicher gewundert haben, warum er für zwei gekocht hat und warum noch Wasser in der Badewanne war. Oder hat Phillipe es ihr vielleicht sogar so verkauft, als hätte er das alles für sie arrangiert? Ist er möglicherweise mit ihr am Tisch gesessen und hat aus den gleichen, riesigen, bauchigen Weingläsern getrunken und ist danach in die Wanne gegangen? Der Gedanke bringt mich fast um. Aber wie sonst hätte er das alles erklären sollen, was sie bei ihrer Ankunft vorgefunden hat? Ist er vielleicht doch ein riesiger Manipulator und spielt nur mit mir? Meine Gedanken schwanken von der großen Liebe bis hin zum größten Arschloch auf Erden. Ich überlege beim Online-Versandhaus große Tüten und eine Schaufel zu bestellen, um das alles zu beenden. Schlussstriche zieht man am besten mit Kreide – Tatortkreide – um einen Körper. Warum mach ich das eigentlich alles mit? Warum lass ich das alles überhaupt mit mir machen? Oder ist nach einem halben Jahr einfach die Luft raus? Aber wie ich es drehe und wende, ich komme kein Stück weiter. Nachdenken ist wie schaukeln – man bewegt sich hin und her – kommt aber nicht voran. Ich checke in der Arbeit immer wieder meine E-Mails, da der für uns sicherste Kommunikationsweg, das Weiterleiten von Werbeemails von einem Fake-E-Mail-Account ist, in dessen AGBs wir uns Nachrichten schreiben. Da muss erstmal einer draufkommen. Aber auch dort herrscht gähnende Leere. Es ist zum Verzweifeln.

Nach Feierabend fahre ich wie jeden Tag nach Hause, parke, gehe zum Briefkasten, um leidige Rechnungen rauszuholen und fahre im Aufzug, der glücklicherweise nicht reden kann, in den 8.

Stock zu meiner Wohnung. Doch was finde ich heute in meiner Post? Ein Kuvert, ohne Absender, ohne Empfänger. Was da wohl drin sein mag? Die Möglichkeit Briefbombe schließe ich mal für mich aus und öffne ihn gespannt in meiner Wohnung. Dann muss ich mich erstmal setzen. Es sind Konzertkarten, zwei Stück, kommendes Wochenende, für meinen Lieblingskomponisten Ludovico Einaudi. Blitzschnell kombiniert mein Gehirn was gespielt wird. Die Karten können doch nur von Phillipe sein. Wie aufmerksam von ihm. Oder ist das jetzt nur wieder Beschwichtigungsverhalten, weil er sich so selten meldet? „Man Aurelie, freu dich doch einfach und mal nicht gleich wieder den Teufel an die Wand", flüstert der Engel auf meiner linken, der den Teufel auf meiner rechten mit Herzchen-Pfeilen beschießt. Umgehend öffne ich mein E-Mail-Programm des Fake Accounts, den wegen seines absurden Namens kein Mensch zu mir zurückverfolgen kann und suche eine Werbeemail, um sie an Phillipe weiterzuleiten. Der gängige Lovetoys-Versandhandel, der mit Sexspielzeug zum Nulltarif wirbt, scheint mir als besonders adäquate E-Mail, um in dessen Kleingedruckten eine Nachricht an Phillipe zu verfassen. Er antwortet auch prompt und wir verabreden uns für Samstag. Plötzlich fühlen sich die zwei Tage bis Samstag an wie zwei Jahre.

Endlich Samstagabend. Auch wenn ich nicht sehr gläubig bin und auch so das eine oder andere der zehn Gebote garantiert wiederholt gebrochen habe: „Halleluja, lobet und preiset den Herrn." Ich verbringe wieder Stunden im Bad, kümmere mich intensiv um meinen Körper, dessen Enthaarung und die Pflege mit allem was duftet und mich anziehend für Phillipe macht. Ich gröle durch die Wohnung: „… we all have a hunger …" von Florence and the machine, dessen Text in allen interpretierbaren Möglichkeiten zu heute Abend passt. Zwischendurch hänge ich dem Gedanken nach, was denn wohl Jaqueline macht oder was er ihr erzählt hat, um den Abend frei zu sein, aber auch da schießt der Engel wieder schnell Herzchen auf den Teufel, damit Ruhe ist. Um 18 Uhr haben wir uns auf dem Parkplatz verabredet.

Ich schlüpfe in das Outfit, dass mir Phillipe in Paris gekauft hat und fahre im Aufzug mit Herzklopfen ins Erdgeschoss, wo ich schnurstracks Richtung Treffpunkt gehe. Dort wartet er schon in seinem neuen, schwarzen Mercedes auf mich und gibt mir kurz Lichthupe, wie wenn ich nicht wüsste, in welchem Auto er sitzt. Als ich einsteige grinst er bis über beide Ohren. Wir umarmen und küssen uns, soweit das die Enge des Innenraums, die Mittelarmlehne und mein knappes Kleid zulassen.

Auf dem Weg nach Paris, wo das Konzert stattfindet, reden wir die ganze Zeit über dies und jenes. Wir haben uns ja lange nicht gesehen oder uns wirklich ausgiebig unterhalten. Die Fahrt vergeht wie im Flug und ehe ich mich versehe, sind wir auch schon am Parkplatz der Konzerthalle. Wir steigen aus und gehen Hand in Hand rein. Wie wenn wir nie etwas anderes getan hätten und seit Ewigkeiten ein Paar wären, alles ganz selbstverständlich. Die Anonymität der Großstadt, in der uns keiner kennt, lässt es zu, uns wie ein richtiges Pärchen zu verhalten Erst jetzt kann ich ihn im Licht so richtig mustern. Er sieht wieder umwerfend aus, in seinem dunkelblauen Anzug, mit Hemd und hellbraunen Lederschuhen. Die Leute reagieren ganz unterschiedlich auf uns, wenn wir an ihnen vorbeigehen. Die meisten Männer haben einen eher beeindruckten Gesichtsausdruck, da man uns unseren Altersunterschied doch schon ansieht. Welches Kopfkino in so manchem vorgeht, möchte ich, glaub ich, nicht wissen. Die Frauen sehen mich oft abwertend an und manchmal wird auch getuschelt. Toleranz hört offensichtlich beim Sugar Daddy auf (ja, auch ich musste bei diesem Satz schmunzeln). Wir amüsieren uns köstlich über die Neider und äffen den einen oder anderen auch nach und kichern wie kleine Kinder. Jede Sekunde mit ihm ist einfach herrlich. Am Sitzplatz angekommen, holt Phillipe mir eine Weinschorle und schnell füllt sich der Saal und es geht auch schon los. Ich bin total gefesselt von dem Pianisten und als er das Lied spielt, das Phillipe und ich während des Badewannen-Arrangements bei ihm zu Hause gehört haben, nimmt er meine Hand, sieht mich kurz an und lächelt. Etwas traurig bin ich schon, als das Konzert zu Ende ist. Aber auch sehr dankbar. Welcher Mann in meinem Alter würde so etwas machen? Ein Klavierkonzert, wie langweilig. Die gehen mit einem maximal ins Kino oder Essen. Doch der Abend sollte noch nicht vorbei sein, denn Phillipe schlägt vor, in eine Salsa Bar in der Nähe zu gehen.

Ich und Salsa? Meine einzige Berührung mit Salsa ist die Soße, in die ich Tortilla-Chips tunke. Aber gut, ich bin ja offen für neues. Mit Standardtänzen wie Walzer hätte ich glänzen können, aber lateinamerikanische Schrittfolgen sind mir überhaupt nicht geläufig. Was solls, die Frau muss sich ja eh nur führen lassen beim Tanzen. In der Bar war es brechend voll, das Licht war gedämpft und es war unfassbar laut. Ein echtes Kontrastprogramm zu dem Klavierkonzert vorhin. Wir drücken uns zur Bar vor, Phillipe voran, der meine Hand nicht loslässt. Er bestellt erstmal zwei Tequila, vielleicht um etwas locker zu werden. Die nächste Station, zu der er mich führt, ist dann auch schon die Tanzfläche, auf der sich Menschen aller Art tummeln und wild, engumschlungen und schwitzend tanzen. Seinen rechten Arm fest um meine Hüften geschlungen und in der linken Hand meine haltend, lassen wir uns von den rhythmischen Klängen und der Masse einfach treiben. Und „treiben" können wir bekanntlich gut. Es ist heiß, wir schwitzen beide und Phillipe hat auch schon die oberen drei Knöpfe seines Hemdes geöffnet, sodass ich seine Brusthaare im Schweiß glitzern sehen kann. Gefühlt nach Stunden, als uns beiden die Füße weh tun, beschließen wir nach Hause zu fahren. Ein Blick auf die Uhr verrät uns, dass wir tatsächlich seit drei Stunden in dieser Bar sind, denn es ist 2 Uhr morgens.

Berauscht von all den Eindrücken, der Musik und dem einen oder anderen Tequila, den ich mir zwischendurch noch genehmigt habe, gehen wir Arm in Arm Richtung Auto. Kaum sitze ich auf dem Beifahrersitz, überkommt es mich. Ich ziehe meine Schuhe aus und klettere zu Phillipe auf den Fahrersitz. Meiner Größe und Gelenkigkeit sei Dank, sieht das tatsächlich äußerst elegant aus. Aber die filmreifste Aktion ist wohl, dass ich mit einem

Fuß an irgendwelche Knöpfe im Auto gekommen bin, wodurch sich der Fahrersitz wie von Geisterhand, vollautomatisch in eine liegende Position bewegt und die Musik im Auto angeht. Sichtlich beeindruckt sieht er mich an, nimmt meinen Kopf in seine großen Hände und küsst mich leidenschaftlich. Ich, auf ihm sitzend, habe beide Hände frei, um seine Hose zu öffnen und meinen Slip zur Seite zu schieben. Ohne langes Zögern, noch aufgeheizt von der Salsa-Bar, schiebt er seinen harten Schwanz in mich. Ich bestimme den Takt und will es heute einfach wissen. Ich beiße ihm in den Hals, was ihm offensichtlich sehr gefällt, denn kurz darauf reiten wir beide mit lautem Gestöhne ins Ziel. Spätestens seit diesem Abend, weiß ich sicher, dass der Handabdruck an der angelaufenen Scheibe, während der Sexszene bei „Titanic", durchaus im Bereich des Möglichen ist.

Happy Birthday my Love

Es ist November, ein richtig ekliger, kalter und verregneter Monat. Phillipe und ich schreiben uns, kurze Treffen im Aufzug, im Keller oder morgens, wenn er vom Sport nach Hause kommt. Denn da „verirrt" er sich jeden zweiten Tag in meine Wohnung, da er meinen Ersatzschlüssel hat. Für Notfälle. Und diese Notfälle treten immer morgens gegen 7 Uhr bei mir auf. Oder sie treten auf, wenn ich nass bis auf die Knochen auf meiner eigenen Dachterrasse stehe und nicht in meine Wohnung komme. Das einzig schöne am November ist Phillipes Geburtstag, der bevorsteht. Per E-Mail-Fake-Account im Kleingedruckten tauschen wir uns schon seit Tagen darüber aus, wie er ihn sich vorstellt. Es soll eine fette Motto-Party werden mit 100 Leuten. Sektempfang, Begrüßungsrede, Abendessen, Fotograf, Barkeeper, Tanzlehrer, Elvis Imitator und DJ. Ein mächtiges Vorhaben, das er da plant. Aber Phillipe schafft einfach alles. Was könnte so einen Mann von Format schon in die Knie zwingen? Eben – nichts. Und außerdem werde ich ihm tatkräftig zur Seite stehen. Er hat mich tatsächlich mit eingeplant. Also nicht nur so als Gast aus Höflichkeit, weil wir ja Nachbarn sind, sondern ich habe einige Aufgaben, die ich natürlich sehr, sehr gerne übernehmen werde. Als erstes möchte er die Rock'n'Roll Tanzlehrer kennen lernen und einige Tanzstunden nehmen, damit er auf seiner Party glänzen kann. Und da soll ich mit. Ja richtig, ich geh mit Phillipe in die Tanzschule, um Rock'n'Roll zu lernen. Wie er das wieder einmal Jaqueline erklärt, ist mir ein Rätsel. Aber hey, an tanzen ist ja wohl nichts verwerflich. Ok, wer weiß, wie unser Salsa-Abend endete, der assoziiert seitdem wohl immer Tanzen mit Sex. So wie ich Zebras, schmutzige Wäsche, Badewannen und Duschen für immer mit Phillipe in Verbindung bringen werde und dann automatisch an versaute Dinge denken muss. Dann möchte er, dass ich den Sektempfang mache, mich um den Barkeeper kümmere, falls der was braucht während der Party und nüchtern bleibe für irgendwelche Notfälle, falls man einen Fahrer bräuchte oder um noch kurz etwas oder jemanden zu holen. Um mein Outfit brauche ich mich auch nicht kümmern, das hat mir Phillipe bestellt. Ein Polka-Dot-Rockabilly-Kleid in schwarz und rot mit einem schwarzen Petticoat drunter. Anscheinend kennt er meinen Körper so gut, dass es passt wie angegossen. Dass Jaqueline wohl oder übel an dem Abend auch dabei sein wird, haben wir beide vor Vorfreude und Organisation verdrängt. Alle sollten kommen, seine ganze Familie, seine Arbeitskollegen, seine Freunde von Nah und Fern, seine Geschäftspartner. Ich bin schon aufgeregt, aber die Freude und der Gedanke daran, Phillipe zu unterstützen und ihm einen unvergesslichen Abend zu bereiten, überwiegt. Obwohl, unvergessliche Abende waren es in der Vergangenheit schon sehr viele.

Endlich ist der Tag da, das heißt der Tag vor seinem Geburtstag, denn Phillipe feiert in seinen Geburtstag rein. Ich stehe in meinem schwarz roten Petticoat-Kleid mit passender Frisur und Make-Up beim Sektempfang und warte auf die ersten Gäste. Phillipe sieht auch wieder fantastisch aus in seinem weißen Hemd mit dem übertrieben großen Stehkragen, der schwarzen Anzughose und den schwarzen Lackschuhen. Alle sind gekommen und Phillipe freut sich sichtlich über jeden Einzelnen. Mit einem freundlichen Lächeln drücke ich allen Gästen ein Glas Sekt in die Hand. Während alle Platz nehmen und Phillipe seine Begrüßungsrede hält, nehme ich den Barkeeper in Empfang und zeige ihm, wo er alles findet und dass er bei allen Anliegen auf mich zukommen kann. In Phillipes Begrüßungsrede hat er noch erwähnt, wenn jemand etwas bräuchte, soll er sich bei mir melden, die nette, junge Dame vom Sektempfang. Und tatsächlich, einige seiner früheren Schulfreunde umzingeln mich und wir kommen ins Gespräch. Woher Phillipe und ich uns kennen und wie ich heiße usw. Kurzerhand haben sie einstimmig beschlossen, mich einfach Mausi zu nennen. Und seitdem geht es den ganzen Abend nur Mausi hier und Mausi da und Mausi gehen wir an die Bar und Mausi trinken wir einen. Nach dem Essen kommt auch schon der Tanzlehrer und seitdem ist die Tanzfläche brechend voll und keiner mehr auf seinem Sitzplatz. Jaqueline geht in dieser Menge einfach unter und fällt kaum jemandem auf. Sie hüpft nur taktlos, wie ein angeschossenes Reh, unfassbar unsexy vor Phillipe rum und er macht gute Miene zum bösen Spiel. Um 23 Uhr tritt der Elvis Imitator auf und die Leute sind begeistert. Seitdem habe auch ich mal kurz Zeit durchzuatmen, weil alle organisatorischen Teile des Abends erledigt sind. Da stehe ich also, bewundere diesen Wahnsinnskerl und bin glücklich, ihn glücklich zu sehen. Scheinbar habe ich Phillipe zu offensichtlich angehimmelt, was mir später noch mehr als klar werden sollte. Dann wurde der Countdown von zehn runter gezählt, um bei null im Chor „Happy Birthday" zu singen. Alle stehen in einem großen Kreis um Phillipe und ich mittendrin. Plötzlich bekomme ich einen sanften Schubser von hinten und stehe als erste Gratulantin, etwas verdutzt vor ihm und nehme ihn in den Arm.

Anscheinend haben seine Freunde die Spannung zwischen uns bemerkt und beschlossen, dass ich ihm als erstes gratulieren soll. Ab dem Zeitpunkt kann ich rückblickend sagen, war den restlichen Gästen klar, was los ist. So wohl auch Jaqueline, denn sie bittet mich, nachdem alle Gäste mit Gratulieren fertig sind, sie heimzufahren. Wie bitte? Habe ich das richtig gehört? ICH soll SIE nach Hause fahren? Räumt sie mir jetzt tatsächlich das Feld? Ich verstehe gerade die Welt nicht mehr, aber ihre Begründung, nach Hause zu wollen, sind Kopfschmerzen. Ja da werde ich jetzt nicht nein sagen. Hat Phillipe das geplant? Er hat ja darauf bestanden, dass ich nüchtern bleibe und fahren kann, wenn es notwendig ist. Aber dass ich ausgerechnet den Feind ins Exil deportieren darf, wäre mir im Traum nicht eingefallen. Schnell steige ich mit ihr in Phillipes Mercedes, den er mir zur Verfügung gestellt hat. Wie makaber, dass jetzt ich auf dem Fahrersitz sitze und Migräne-Jaqui neben mir. Gut, dass sie keine Schwarzlicht Lampe dabeihat, sonst würde der komplette Innenraum vermutlich leuchten. Unser Gespräch ist ziemlich sparsam und nachdem ich sie zu Hause abgeliefert habe, fahre ich mit gefühlten 200 Sachen zurück zur Party.

Ich habe mit dem Schlimmsten gerechnet, dass ich Phillipe und Jaqueline den ganzen Abend zusammen beim Feiern zusehen muss. Doch das Blatt wendet sich derart zum Guten, dass ich es nicht fassen kann. Zurück auf der Party gibt es kein Halten mehr, da mich seine Freunde, Bekannten und seine Eltern mehr als herzlich und mit einem Grinsen empfangen. Phillipe und ich tanzen die ganze Nacht, lachen, haben einen Heidenspaß, liegen uns in den Armen und versumpfen am Ende an der Bar. Es fühlt sich an, wie wenn wir schon immer zusammen wären und alle wissen und akzeptieren es. Gegen 4 Uhr morgens, als eine der Letzten rufen wir uns ein Taxi und fahren nach Hause in meine Wohnung. Erstmal duschen, da wir völlig verschwitzt vom vielen Tanzen sind. Bereits auf Sex unter der Dusche konditioniert, kommt es, wie es kommen muss. Im wahrsten Sinne des Wortes. Mir ist an diesem Abend einfach so eine Last von den Schultern gefallen, weil sich die „Offenbarung" unserer Beziehung so einfach verselbstständigt hat und es sich so unendlich gut anfühlt. Wir stehen eine gefühlte Ewigkeit unter der Dusche, halten uns im Arm, küssen uns und berühren uns an allen erdenklichen Körperstellen. Phillipe hebt mich auf seine Hüften und lässt mich langsam auf seinen harten Schwanz sinken. Alles ist warm und wohlig. Unsere Körper, Seelen und Herzen sind eins. Sex mit Gefühlen ist einfach doch so viel schöner als primitives aufeinander Rumklopfen, das kann niemand bestreiten. Sanft und vorsichtig mit dem Kopf an meiner Brust stößt er mich, macht immer wieder Pausen und wir spüren uns einfach nur. Ganz langsam und sanft, ohne Show und Geschrei kommen wir beide. Dieses Mal legen wir uns in mein Bett und schlafen gemeinsam ein. Dieses Mal liegt er nicht zwei Meter weiter nebenan, im falschen Bett mit der falschen Frau. Dieses Mal ist es wirklich für immer.

Die letzte Reise

Jetzt ist die Bombe geplatzt. Ich weiß nicht, ob ich Angst haben oder mich freuen soll. Alle Gedanken, die ich mir im letzten halben Jahr gemacht habe, alle Fragen, die ich mir gestellt habe, sind jetzt weg. Denn jetzt ist es raus. Phillipe und ich fahren gemeinsam in meinem Auto zum Veranstaltungsort der gestrigen Party, um aufzuräumen. Seine Freunde und seine Eltern sind auch schon da. Aber ich sehe Jaqueline nirgends. Ich wüsste aber auch nicht, wie ich mich ihr gegenüber verhalten soll. Das zu handhaben, überlasse ich aber ganz Phillipe, denn es ist bzw. war seine Beziehung. Wenn er jetzt nicht reinen Tisch macht, wann dann. Nachdem wir das Chaos vom Vorabend beseitigt haben, fahre ich allein wieder zurück in meine Wohnung. Phillipe wird von seinen Eltern mit nach Hause genommen. Ich bin wie gelähmt in meiner Schockstarre, weil ich jetzt überhaupt nicht weiß, was auf mich zukommt. Wir haben überhaupt nicht darüber gesprochen, wie das gestern nach außen ausgesehen hat und wie es jetzt weiter geht.

Es klopft an meiner Wohnungstür. Mein Puls rast, weil ich jetzt nicht weiß, ob mich davor ein Samurai Schwert in Jaquelines Händen erwartet. Dank dem Türspion erkenne ich erleichtert, dass Phillipe draußen steht. Ich mache ihm auf. Er lächelt mich an und sagt: „Komm rüber, wir wollen zusammen zu Abend essen.“ „Wer wir?“, mehr bringe ich nicht raus. „Meine Familie und du. Jaqueline hat bereits ihre Sachen gepackt, während wir mit aufräumen beschäftigt waren und ist in ein Hotel gegangen, bis sie wieder nach Vietnam zurückfliegt.“ Man kann den Stein direkt hören, der mir mit diesem Satz vom Herzen fällt. Ich nehme Phillipe in den Arm und fange einfach nur hemmungslos an zu weinen. All die Schmerzen, die Trauer, das bange Warten, die einsamen Nächte ohne ihn, all das hat sich jetzt gelohnt. Es ist wirklich so gekommen, wie er gesagt hat, man muss geduldig und beharrlich sein, um an sein Ziel zu kommen. Und ich bin am Ziel. Endlich bin ich angekommen. Ich verspüre ein warmes, weiches Gefühl in meiner Brust, als ob mein Herz endlich heil ist.

Ich gehe mit in seine Wohnung, wo ich bereits freudig von seiner Familie erwartet werde. Seine Eltern sind unfassbar nett zu mir und nehmen mir das letzte bisschen Angst. Phillipe erklärt nun allen, dass Jaqueline sich schon auf der Party nicht länger demütigen lassen und deswegen auch Heim wollte. Sie hat ohne großes Theater verstanden, dass für sie hier kein Platz mehr ist und bereits ihre Sachen gepackt. Denn gegen wahre Liebe kommt nichts und niemand an. Und das muss sie wohl sein, die wahre Liebe. Zwischen Phillipe und mir. Er wird sie beim Umzug zurück nach Vietnam noch unterstützen und auf der letzten, gemeinsamen Reise begleiten. Das schmeckt mir natürlich wenig, aber ich sehe das einfach wie Müll rausbringen. Lästig, aber notwendig. In zwei Tagen geht bereits ihr Flug und bis dahin wird sie noch all ihre Habseligkeiten in Kartons stopfen und dann auf nimmer Wiedersehen.

Vor Vorfreude bringe ich kaum ein Auge zu und bete den Montag herbei wie die alten Ägypter den Regen während der Dürreplage. Phillipe verabschiedet sich von mir, bevor er mit Jaqueline zum Flughafen fährt. Kein Kinofilm könnte eine dramatischere Abschiedsszene auf die Leinwand bringen als das, was zwischen Tür und Angel mit mir und Phillipe abging. Flug LH9721 ist es, der unser Glück für immer besiegeln soll und ich verfolge ihn auf dem Flugradar. „Pass auf dich auf. Komm bald wieder heim. Melde dich, sofern es geht. Ich freu mich so sehr darauf, dich Donnerstag wieder zu sehen.“ All diese Worte rufe ich ihm noch hinterher, während er in den Aufzug geht. „Wenn ich wieder zurück bin, ist unsere Zeit gekommen Aurelie, ohne wenn und aber.“ Das sind seine letzten Worte, bevor die Aufzugtür zugeht und ich ihn in 72 unendlich langen Stunden wieder in meine Arme schließen darf.

Während er auf dem Weg zum Flughafen ist, überlege ich mir schon, wie wir das wohl am besten machen. Ziehe ich zu ihm rüber? Oder brechen wir einfach eine Mauer durch und haben dann eine riesige Wohnung? Soll ich schonmal packen, damit ich dann gleich meine Klamotten bei ihm im Schrank habe? Oder würde ich ihn damit überrumpeln? Alles Sachen, die wir ja besprechen können, wenn er wieder da ist. Meine Gefühle fahren Achterbahn, aber diesmal im Positiven, weil ich ja endlich weiß, woran ich bin und wie meine bzw. unsere Zukunft aussehen wird. Vielleicht suchen wir uns ja auch einen Bungalow mit Garten, irgendwo an Stadtrand, damit ich ihn auch in 30 Jahren im Rollstuhl von der Terrasse reinfahren kann, wenn es draußen regnet. Die Vorstellung mit ihm alt zu werden ist unfassbar schön. Er nimmt mir einfach die Angst, selbst wenn er nicht da ist.

Im Videotext verfolge ich seine Reise, Flug LH9721. Ob die beiden nebeneinandersitzen? Ob sie miteinander sprechen? Gut, was gibt es da eigentlich zu reden? Wie auch immer. Ich zappe durch die Fernsehprogramme, um mich ein wenig abzulenken und bleibe bei einem Nachrichtensender hängen, der einen verheerenden Flugzeugabsturz über dem schwarzen Meer zeigt. Mein Gott, keine Überlebenden, wie schrecklich. Ich muss zugeben, dass ich erstmal googeln muss, wo denn das schwarze Meer überhaupt genau liegt. Moment mal, fliegt mein Phillipe nicht auch gerade in die Richtung. Mein Herz bleibt kurz stehen. Ich sehe wieder im Videotext nach, wo der Flieger von Phillipe gerade ist. Nirgends, ich finde ihn nicht mehr. Jetzt bekomme ich richtig Panik. Ich schalte wieder zurück zum Nachrichtensender und plötzlich wird der Absturz auf allen Kanälen gezeigt, denn das Flugzeug ist aus Paris gestartet. Vor vier Stunden. Es ist Flug LH9721. Mir wird schwindlig. Ich muss mich setzen. Ich versuche mir einzureden, dass ich mich verlesen habe. Das kann nicht sein Flugzeug sein. Das darf es einfach nicht sein. Ich vergleiche immer wieder die Daten, die mir Phillipe genannt hat, mit allen Infos auf allen Sendern. Es ist wahr, es war Phillipes Flieger. Haltet die Welt an, es fehlt ein Stück.

Schlusswort

Ich danke allen Menschen, die mich im Leben begleitet haben, im Zug auf der Reise durch mein Leben. Die, die manchmal auch nur ein Stück des Weges bei mir waren. Die, die neu dazugekommen sind, die, die gegangen sind. Danke für alle Erfahrungen, die ich im Leben gemacht habe, gute wie schlechte. Sonst wäre ich nicht da, wo ich bin. Sonst hätte ich nie gelernt, was ich weiß. Sonst hätte ich nie getan, was ich getan habe. Sonst wären mir so viele unvergessliche Dinge nie passiert und ich hätte so viel Schönes, aber auch Schmerzliches nie erlebt. Sonst hätte ich nie dieses Buch geschrieben. Danke für die unvergesslichen Nächte, die Alibis, die Geheimnisse, die Stunden, in denen man gemeinsam geliebt, gelacht und geweint hat. Danke an die Menschen, die mich so mögen, wie ich bin. Danke an die, die mich lieben und geliebt haben, die mir den Kopf zurechtgerückt haben und die, die mich einfach meinen Weg gehen haben lassen. Man sollte weniger über gestern und morgen nachdenken, denn vielleicht ist es morgen schon zu spät. Man sollte jetzt leben, wer weiß, was morgen ist. Sei nicht nachtragend, denn niemand ist fehlerfrei. Jeder hat seine Gründe so zu handeln, wie er es tut. Trenne dich von Dingen, die dir nicht guttun. Wage das Ungewisse. Wer kämpft kann verlieren, wer nicht kämpft, hat schon verloren. „The present is a present", wie man im Englischen so schön sagt. Und das sollte man genießen, mit jedem Atemzug. Ich würde mich nie fragen wollen: „Was wäre wenn?" Ich möchte wissen, warum es passiert und wozu es gut ist oder sein wird. Wenn das Leben anfängt sich im Kreis zu drehen, ist es Zeit aus der Reihe zu tanzen. Also tanzt, meine Lieben, in das Leben hinein, in alle Fettnäpfchen, in alle Abenteuer, in alle Liebesgeschichten. Danke, dass es mich gibt, danke, dass es meine Freunde gibt, die, die waren, die, die sind und die, die kommen werden. Auf das Leben, auf uns.

Die Autorin

Die 1997 geborene Aurelie la Fleur hatte ein bewegtes Leben. Von einer Firma zur anderen. Von der gelernten Friseurin über die Kosmetik bis hin zum Einzelhandel hat sie schon einiges ausprobiert. So weiß auch unsere Autorin nur zu gut, wie schwer sich die Suche nach einem erfüllten Leben gestalten kann.

Nach so viel Erlebten hat la Fleur es endlich geschafft, etwas Ruhe in ihr bewegtes Leben zu bringen und sich selbst zu finden. Sie lebt nun im eigenen Haus im Grünen mit ihrem Hund, lässt es sich gut gehen und betätigt sich nach wie vor literarisch, nicht zuletzt, um ihre Gefühle zum Ausdruck zu bringen und Erlebtes zu verarbeiten. Schon seit ihrer Kindheit schreibt sie und hat schon viele Gedichte zu Papier gebracht. Wenn sie mal eine Pause vom Schreiben braucht, dann geht sie zum Yoga, Tennis oder mit dem Hund raus. Ein wenig Bewegung gehört bei la Fleur schließlich nach wie vor ins Leben.